# 我只想回到自己的家。

動物保護‧生態關懷文選

陳幸蕙◎主編

【編序】

# 生而為人，我很抱歉！

◎陳幸蕙

在網路上看到一段令人震驚的影片，全長約九分鐘。

那是一個研究團隊在中美洲哥斯大黎加外海，為一隻鼻孔插入塑膠吸管的欖蠵龜（Olive Ridley sea turtle），解除痛苦的影像紀錄。

研究團隊是在海上出任務時，意外發現這受苦的海龜的。由於工具不足，只能以瑞士刀鑷子進行救援。欖蠵龜因疼痛不斷掙扎，雖增加不少營救困難度，但費時八分十二秒後，那已然變形的吸管終還是順利取出！接著，研究員為呼吸恢復順暢的海龜塗上優碘，將牠重新放回大海，並在臉書PO上救援過程，呼籲世人勿再使用拋棄式吸管，且勿將塑膠垃圾丟棄海中，以免造成海洋生物死亡……

在影片裡，看見這溫馴和善的動物，雙眼緊閉、鼻孔直冒鮮血、痛苦扭動軀體的樣子，我不禁想起日本作家太宰治作品裡的一句話：

「生而為人，我很抱歉！」

是的，當科學家說「海洋已成為世界最大的垃圾場」；

當街邊巷底，不時有皮毛潰爛、瘦骨嶙峋、猥瑣狼狽如行走之垃圾的流浪狗，懨懨游走徘徊；

當一隻重達二十三公噸的抹香鯨，擱淺在嘉義東石漁港外海，因胃部塞滿魚網和塑膠袋，無法進食，終不幸陳屍八掌溪出海口；

然後，當外電報導指出，近九千種野生動物因人為過度開發及獵殺，已成「易危物種」；聯合國環境規劃署警告：「由於毫無節制濫加捕撈，二〇五〇年海洋將無魚可捕」；

並且，當挪威極地協會預測——北極熊將在半世紀內絕種、北極將於二〇八〇年完全消失，因為人類活動造成的暖化現象實在太嚴重！

而當二〇一五年終成史上最熱年份，全球海平面上升速度為歷來最快，以致科學家竟說出「為了拯救地球，必須消滅人類！」這樣激烈的話時，我總在心底，浮起那哀傷的告白：

「生而為人，我很抱歉！」

一般認為，「生而為人，我很抱歉！」（生まれて、すみません！），是與川端康成、三島由紀夫並列為日本戰後代表性作家的太宰治名言；但其實，這原是昭和詩人寺內壽太郎的一行詩，因太宰治在小說《二十世紀旗手》中加以引用，遂被誤為是其所言。

這兩位都曾自殺過的作家，先後以「生而為人，我很抱歉！」一語，為自己的存在，向世界道歉，這之中所透露的，不論太宰治或寺內壽太郎，都強烈表達了對自己存在的否定，一種消沉抑鬱、自卑自棄的負面情緒。

然而，借用「生而為人，我很抱歉！」一語，加以延伸、翻轉、宏觀化之後，這話在我，遂演義成——生而為人，我想為我們人類這個物種，把地球搞得千瘡百孔、烏煙瘴氣，向所有因此深受苦難的其他物種，或地球道歉——的意思。

因此，和太宰治、寺內壽太郎不同的是，作為由衷告白，「生而為人，我很抱歉！」一語之背後，在我，不是消沉自棄的負面情緒，相反地，卻是期望有所救贖、有所療癒、有所彌補的正向情懷。

只是，一名樸素單純的文學工作者，創作之外，能對她所感到「抱歉」的事，做什麼呢？

因此，當幼獅文化邀請我主編一本文選時，我很自然地便將主題鎖定為「動物保護，生態關懷」，簡言之，地球關懷！

我嘗試從近代文學作品中，盡可能挑出符合這個主題的篇章，從清代鄭板橋始，至新銳感十足的七年級作者止，並在「附錄」收編了中唐詩人白居易護生詩〈鳥〉，和當代國寶級作家余光中的動保詩〈灰面鵟〉和〈警告紅尾伯勞〉。

透過這縱跨一千兩百餘年的作品，我希望能呈現——作家對動物權的思考，人本中心主義的反省，尊重生命理念的鋪陳，人與世間生物可以並存不悖、共享地球資源的倫理觀，以及，對永續議題的洞見表述；當然，在這之中，也不乏從悲憫角度，書寫動物受苦形象與存在的流淚篇章。

懷著使命感，為新新人類、千禧世代、一般讀者大眾，從事此一充滿關懷意識的選集作業，我覺得很有意義。

曾經，我的人生觀是——忠於自我，樂在工作，享受生活，持續成長。

五年前，我在這段話之後加上了兩句——歡喜創造，心存感恩。

三年前，我又再添加兩句——關懷人間，疼惜地球！

不論身為一個人，或作家，我都在這大我小我、平衡兼顧的價值觀中，找到自己的定位。

這本選集，便是基於如此的理念，誠懇發想、努力進行、用心完成的。

——二〇一六年深秋於新北市新店

# 目錄

2【編序】生而為人，我很抱歉！◎陳幸蕙
10 平生最不喜籠中養鳥 ◎清・鄭板橋
18 憶兒時 ◎豐子愷
34 一隻鴿子 ◎紀弦
48 鼠友 ◎琦君
62 鹿來的時候 ◎黃永武
70 食之戒 ◎南方朔
78 癩皮狗 ◎奚淞
88 我只想回到自己的家 ◎顏崑陽

96 紅菜與青蟲 ◎林清玄
104 我愛泰迪熊（二帖） ◎陳幸蕙
118 讓路給綠頭鴨 ◎劉克襄
130 拒吃魩仔魚 ◎廖鴻基
140 小河淌水 ◎朱天衣
150 猴子 ◎田威寧
164 一隻獅子被獵殺之後 ◎劉詩媛
【附錄】
178 鳥 ◎唐．白居易
182 灰面鵟 ◎余光中
184 警告紅尾伯勞 ◎余光中

# 平生最不喜籠中養鳥

## ——濰縣署中與舍弟墨第二書

◎清．鄭板橋

欲養鳥莫如多種樹，使繞屋數百株，扶疏茂密，為鳥國鳥家。

余五十二歲始得一子，豈有不愛之理！然愛之必以其道，雖嬉戲頑耍，務令忠厚悱惻，毋為刻急（編注1）也。

平生最不喜籠中養鳥，我圖娛悅，彼在囚牢，何情何理，而必屈物之性以適吾性乎！至于髮繫蜻蜓，線縛螃蟹，為小兒頑具，不過一時片刻便摺拉而死。夫天地生物，化育劬勞，一蟻一蟲，皆本陰陽五行之氣絪縕而出。上帝（編注2）亦心心愛念。而萬物之性人為貴，吾輩竟不能體天之心以為心，萬物將何所託命乎？

蛇蚖（編注3）蜈蚣豺狼虎豹，蟲之最毒者也，然天既生之，我何得而殺之？若必欲盡殺，天地又何必生？亦惟驅之使遠，避之使不相害而已。蜘蛛結網，于人何罪，或謂其夜間咒月，令人牆傾壁倒，遂擊殺無遺。此等說話，出于何經何典，而遂以此殘物之命，可乎哉？可

編注 1.刻急：刻薄急躁不寬厚。
2.上帝：造物者。
3.蚖：蜥蜴，一作毒蛇。

乎哉？

我不在家，兒子便是你管束。要須長其忠厚之情，驅其殘忍之性，不得以為猶子（編注4）而姑縱惜也。家人（編注5）兒女，總是天地間一般人，當一般愛惜，不可使吾兒凌虐他。凡魚飧果餅，宜均分散給，大家歡嬉跳躍。若吾兒坐食好物，令家人子遠立而望，不得一霑脣齒；其父母見而憐之，無可如何，呼之使去，豈非割心剜肉乎！夫讀書中舉中進士作官，此是小事，第一要明理作個好人！可將此書讀與郭嫂、饒嫂（編注6）聽，使二婦人知愛子之道在此不在彼也。

## 書後又一紙

所云不得籠中養鳥，而予又未嘗不愛鳥，但養之有道耳。欲養鳥

編注
4.猶子：姪子。
5.家人：家中僕役。
6.郭嫂、饒嫂：郭嫂為鄭板橋續弦夫人，饒嫂為鄭板橋妾。

莫如多種樹，使繞屋數百株，扶疎茂密，為鳥國鳥家。將旦時，睡夢初醒，尚展轉在被，聽一片啁啾，如雲門、咸池（編注7）之奏；及披衣而起，頮面（編注8）漱口啜茗，見其揚翬（編注9）振彩，倏往倏來，目不暇給，固非一籠一羽之樂而已。大率平生樂處，欲以天地為囿，江漢為池，各適其天，斯為大快。比之盆魚籠鳥，其鉅細仁忍何如也！

——選自《鄭板橋全集》

編注 7.雲門、咸池：相傳均為黃帝所作之樂歌，音韻生動。
8.頮：音ㄏㄨㄟˋ，以水洗臉。
9.翬：音ㄏㄨㄟ，這裡指五彩的羽毛。

## 作者簡介

鄭板橋（1693～1765），字克柔，號板橋，自稱板橋道人，清揚州興化人。康熙秀才，雍正舉人，乾隆進士，曾任范縣、濰縣知縣，為關心百姓之父母官。性落拓不羈，「難得糊塗」為其名言。擅長詩、書、畫，為「揚州八怪」之一。晚年歸老躬耕，著有《鄭板橋集》等。

## 慢讀與深思

鄭板橋是清代傑出的藝術家和文學家，不僅書法、繪畫在藝壇號稱雙絕，詩詞與家書亦頗負盛名；尤其板橋家書，因取材生活化、平易近人，又為其個性、氣質、生命風格、關懷取向的映現，因此，不論在明清小品或傳統書信文學中，都是頗富代表性的作品。

這些輯錄於《鄭板橋全集》中的家書，共計十六帖，收件人都是他的弟弟鄭墨。此處所選，原題〈濰縣署中與舍弟墨第二書〉，是板橋任山東濰縣縣令時所寫。

全信在閒話家常的語氣中，細述他對晚年所得稚子的關愛，和對這個兒子的期望——盼「長其忠厚之情，驅其殘忍之性」，將他教育成「忠厚悱惻」之人；接著，更從「忠厚悱惻」觀點加以延伸，談到將心比心，愛惜萬物生命、體恤家僕的敦厚情懷和種種溫暖做法。

附於信末的「書後又一紙」，則以愛鳥人身分，就書信正文中所言「平生最不喜籠中養鳥」一句再做補充，指出愛鳥人「養之有道」的解套辦法，便是「多種樹」，形成綠蔭掩映、扶疏茂密的「鳥國鳥家」，人鳥和諧相處，同享自由，不亦快哉！在板橋筆下，那種充滿色彩感和音樂性，訴諸視覺與聽覺的美好想像和鳥托邦願景，實令人由衷讚嘆，心嚮往之。

透過這封家書，我們可以看出，板橋設身處地為他人想的細膩寬厚，以及，反對在有限空間中豢養寵物的自然主義思想；此外，對於可能有傷害性的動物如「蛇蚖蜈蚣豺狼虎豹」等，他所建議「驅之使遠，避之使不相害」，務期和平共存的論述，在強調動物權的今日，尤值得現代人深思。

平生最不喜籠中養鳥

# 憶兒時

◎豐子愷

我記得這時候我的熱心釣魚，不僅出於遊戲欲，又有幾分功利的興味在內。有三、四個夏季，我熱心於釣魚，給母親省了不少的菜蔬錢。

# 一

我回憶兒時，有三件不能忘卻的事。

第一件是養蠶。那是我五、六歲時，我祖母在日的事。我祖母是一個豪爽而善於享樂的人，良辰佳節不肯輕輕放過。養蠶也每年大規模地舉行。其實，我長大後才曉得，祖母的養蠶並非專為圖利，葉貴的年頭常要蝕本，然而她喜歡這暮春的點綴，故每年大規模地舉行。我所喜歡的，最初是蠶落地鋪。那時我們的三開間的廳上、地上統是蠶，架著經緯的跳板，以便通行及飼葉。蔣五伯挑了擔到地裡去採葉，我與諸姊跟了去，去吃桑葚。蠶落地鋪的時候，桑葚已很紫而甜了，比楊梅好吃得多。我們吃飽之後，又用一張大葉做一隻碗，採了一碗桑葚，跟了蔣五伯回來。蔣五伯飼蠶，我就以走跳板為戲樂，常

常失足翻落地鋪裡，壓死許多蠶寶寶，祖母忙喊蔣五伯抱我起來，不許我再走。然而這滿屋的跳板，像棋盤街一樣，又很低，走起來一點也不怕，真是有趣。這真是一年一度的難得的樂事！所以雖然祖母禁止，我總是每天要去走。

蠶上山（編注1）之後，全家靜默守護，那時不許小孩子們噪了，我暫時感到沉悶。然而過了幾天，採繭，做絲，熱鬧的空氣又濃起來了。我們每年照例請牛橋頭七娘娘來做絲。蔣五伯每天買枇杷和軟糕來給採繭、做絲、燒火的人吃。大家認為現在是辛苦而有希望的時候，應該享受這點心，都不客氣地取食。我也無功受祿地天天吃多量的枇杷與軟糕，這又是樂事。

七娘娘做絲休息的時侯，捧了水煙筒，伸出她左手上的短少半段

編注　1.山：指蠶山，供蠶攀附結繭用，以稻草或麥稈編成，上尖下寬似山形，故名。

的小指給我看，對我說，做絲的時侯，絲車後面，是萬萬不可走近去的。她的小指，便是小時候不留心被絲車軸棒軋脫的。她又說：「小囝囝不可走近絲車後面去，只管坐在我身旁，吃枇杷，吃軟糕。還有做絲做出來的蠶蛹，叫媽媽油炒一炒，真好吃哩！」然而我始終不要吃蠶蛹，大概是我爸爸和諸姊都不要吃的緣故。我所樂的，只是那時候家裡的非常的空氣。日常固定不動的堂窗、長臺、八仙椅子，都收拾去，而變成不常見的絲車、匾、缸。又不斷地公然地可以吃小食。

絲做好後，蔣五伯口中唱著「要吃枇杷，來年蠶罷」，收拾絲車，恢復一切陳設。我感到一種興盡的寂寥。然而對於這種變換，倒也覺得新奇而有趣。

現在我回憶這兒時的事，常常使我神往！祖母、蔣五伯、七娘娘

和諸姊，都像童話裡、戲劇裡的人物了。且在我看來，他們當時這劇的主人公便是我。何等甜美的回憶！只是這劇的題材，現在我仔細想想覺得不好：養蠶做絲，在生計上原是幸福的，然其本身是數萬的生靈的殺虐！《西青散記》（編注2）裡面有兩句仙人的詩句：「自織藕絲衫子嫩，可憐辛苦赦春蠶。」安得人間也發明織藕絲的絲車，而盡赦天下的春蠶的性命。

我七歲上祖母死了，我家不復養蠶。不久父親與諸姊弟相繼死亡，家道衰落了，我的幸福的兒時也過去了。因此這回憶一面使我永遠神往，一面又使我永遠懺悔。

編注　2.《西青散記》：清代史震林著，記述才女賀雙卿身世的傳奇故事。

## 二

第二件不能忘卻的事，是父親的中秋賞月，而賞月之樂的中心，在於吃蟹。

我的父親中了舉人之後，科舉就廢，他無事在家，每天吃酒，看書。他不要吃羊、牛、豬肉，而喜歡吃魚、蝦之類。而對於蟹，尤其喜歡。自七、八月起直到冬天，父親平日的晚酌規定吃一隻蟹，一晚隔壁豆腐店裡買來的開鍋熱豆腐乾。他的晚酌，時間總在黃昏。八仙桌上一盞洋油燈，一把紫砂酒壺，一隻盛熱豆腐乾的碎瓷蓋碗，一把水煙筒，一本書，桌子角上一隻端坐的老貓，我腦中這印象非常深刻，到現在還可以清楚地浮現出來。我在旁邊看，有時他給我一隻蟹腳或半塊豆腐乾。然我喜歡蟹腳。蟹的味道真好，我們五個姊妹兄弟，都喜歡吃，也是為了父親喜歡吃的緣故。只有母親與我們相反，喜歡吃肉，而不喜歡又不會吃蟹，吃的時候常常被蟹螯上刺刺開手指，出血；而且抉剔得很不乾淨，父親常常說她是外行。父親說：吃蟹是風雅的事，吃法也要內行才懂得。先折蟹腳，後開蟹斗……腳上的拳頭（即關節）裡的肉怎樣可以吃乾淨，臍裡的肉怎樣可以剔出……腳爪可以當作剔肉的針……蟹螯上的骨頭可以拼成一隻很好看的蝴蝶……父親吃蟹真是內行，吃得非常乾淨。所以陳媽媽說：

「老爺吃下來的蟹殼，真是蟹殼。」

蟹的儲藏所，就在天井角落裡的缸裡，經常總養著十來隻。到了七夕、七月半、中秋、重陽等節候上，缸裡的蟹就滿了，那時我們都有得吃，而且每人得吃一大隻，或一隻半。尤其是中秋一天，興致更濃。在深黃昏，移桌子到隔壁的白場上的月光下面去吃。更深人靜，明月底下只有我們一家的人，恰好團成一桌，此外只有一個供差使的紅英坐在旁邊。大家談笑，看月亮，他們——父親和諸姊——直到月落時光，我則半途睡去，與父親和諸姊不分而散。

這原是為了父親嗜蟹，以吃蟹為中心而舉行的。故這種夜宴，不僅限於中秋，有蟹的季節裡的月夜，無端也要舉行數次。不過不是良辰佳節，我們少吃一點，有時兩人分吃一隻。我們都學父親，剝得很精細，剝出來的肉不是立刻吃的，都積受在蟹斗裡，剝完之後，放一點薑醋，拌一拌，就作為下飯的菜，此外沒有別的菜了。因為父親吃菜是很省的，而且他說蟹是至味，吃蟹時混吃別的菜餚，是乏味的。我們也學他，半蟹斗的蟹肉，過兩碗飯還有餘，就可得父親的稱讚，又可以白口吃下餘多的蟹肉，所以大家都勉勵節省。現在回想那時候，半條蟹腿肉要過兩大口飯，這滋味真好！自父親死了以後，我不曾再嚐這種好滋味。現在，我已經自己做父親，況且已經茹素，當然永遠不會再嚐這滋味了。唉！兒時歡樂，何等使我神往！

然而這一劇的題材，仍是生靈的殺虐！因此這回憶一面使我永遠神往，一面又使我永遠懺悔。

## 三

第三件不能忘卻的事，是與隔壁豆腐店裡的王囝囝的交遊，而這交遊的中心，在於釣魚。

那是我十二、三歲時的事。隔壁豆腐店裡的王囝囝是當時我的小伴侶中的大阿哥。他是獨子，他的母親、祖母和大伯，都很疼愛他，給他很多的錢和玩具，而且每天放任他在外遊玩。他家與我家貼鄰而居。我家的人們每天赴市，必須經過他家的豆腐店的門口，兩家的人們朝夕相見，互相來往。小孩們也朝夕相見，互相來往。此外他家對於我家似乎還有一種鄰人以上的深切的交誼，故他家的人對於我特別要好，他的祖母常常拿自產的豆腐乾、豆腐衣等來送給我父親下酒。同時在小侶伴中，王囝囝也特別和我要好。他的年紀比我大，氣力比我好，生活比我豐富，我們一淘遊玩的時候，他時時引導我，照顧我，猶似長兄對於幼弟。我們有時就在我家的染坊店裡的榻上玩耍，有時相偕出遊。他的祖母每次看見我倆一同玩耍，必叮囑囝囝好好看待我，勿要相罵。我聽人說，他家似乎曾經患難，而我父親曾經幫他們忙，所以他家大人們吩咐王囝囝照應我。

我起初不會釣魚，是王囝囝教我的。他叫他大伯買兩副釣竿，一副送我，一副他自己用。他到米桶裡去捉許多米蟲，浸在盛水的罐頭裡，領了我到木場橋頭去釣魚。他教給我看，先捉起一個米蟲來，把釣鉤由蟲尾穿進，直穿到頭部。然後放下水去。他又說：「浮珠一動，你要立刻拉，那麼鉤子鉤住魚的顎，魚就逃不脫。」我照他所教的試驗，果然第一天釣了十幾頭白條，然而都是他幫我拉釣竿的。

第二天，他手裡拿了半罐頭撲殺的蒼蠅，又來約我去釣魚。途中他對我說：「不一定是米蟲，用蒼蠅釣魚更好。魚喜歡吃蒼蠅！」這一天我們釣了一桶各種的魚。回家的時候，他把魚桶送到我家裡，說他不要。我母親就叫紅英去燥煎一煎，給我下晚飯。

自此以後，我只管喜歡釣魚。不一定要王囝囝陪去，自己一人也去釣，又學得了掘蚯蚓來釣魚的方法。而且釣來的魚，不僅夠自己下晚飯，還可送給店裡的人吃，或給貓吃。我記得這時候我的熱心釣魚，不僅出於遊戲欲，又有幾分功利的興味在內。有三、四個夏季，我熱心於釣魚，給母親省了不少的菜蔬錢。

後來我長大了，赴他鄉入學，不復有釣魚的工夫。但在書中常常讀到讚詠釣魚的文句，例如什麼「獨釣寒江雪」，什麼「漁樵度此身」，才知道釣魚原來是很風雅的事。後來又曉得有所謂「遊釣之地」的美名稱，是形容人的故鄉的。我大受其煽惑，為之大發牢騷：我想「釣魚確是雅的，我的故鄉，確是我的遊釣之地，確是可懷的故鄉。」但是現在想想，不幸而這題材也是生靈的殺虐！

我的黃金時代很短，可懷念的又只有這三件事。不幸而都是殺生取樂，都使我永遠懺悔。

——選自《豐子愷文選》，洪範書店

## 作者簡介

豐子愷（1898～1975），浙江崇德人，曾留學日本，歷任復旦大學、浙江大學等校教授，曾創辦立達學園，並任開明書店編輯。著有散文集《緣緣堂隨筆》、圖文合集《護生畫集》等，並譯有日本小說及西洋畫論多種，為近代中國文藝巨擘、一代文學美術宗師，對文化社會影響深遠。

## 慢讀與深思

豐子愷是近代散文界巨擘，作品醇厚自然，餘韻綿長。〈憶兒時〉是他追憶童年往事之作，但和一般懷想童稚歲月作品不同的是，此文既是鮮明生動、令他「永遠神往」的回憶記事，卻也是他傷感無奈、以自我告解和救贖心情寫下的懺悔篇章。

全文單刀直入，一開始便說「我回憶兒時，有三件不能忘卻的事」，這三件「有趣的樂事」分別是養蠶、吃蟹和釣魚，底下文章便以此三事為主題，各自進行鋪敘。

在養蠶單元中，豐子愷細膩陳述了幼時興奮穿梭於忙碌的大人間，走跳板、吃桑葚和枇杷軟糕，同樣忙得不亦樂乎的趣事，呈現了江南農村家庭，暮春從事此傳統生計的場景氛圍。吃蟹一節從嗜蟹的父親，帶領兒女品嚐此一天下「至味」寫起，在豐子愷記憶中，「蟹的味道真好」，但最令他懷念的，畢竟，還是以吃蟹為中心的家庭夜宴中，與父親諸姊的歡樂相處。至於釣魚單元，則除追懷啓蒙他釣魚的兒時玩伴王囝囝之外，也寫熱中此道的自己如何以米蟲、蒼蠅、蚯蚓為餌，屢獲豐碩成果，為母親節省膳食費的往事。三單元末，豐子愷均傷感地以兒時歡樂，不幸皆為「生靈的殺虐」，令他「永遠懺悔」作結。

於是，推翻傳統文人的浪漫認知，豐子愷不僅不認為吃蟹、釣魚是「風雅之事」，甚至，在日常民生所必需的養蠶、做絲、製衣一事上，更期盼能消除此必要之惡，而引《西青散記》中奇幻之想像——「自織藕絲衫子嫩，可憐辛苦赦春蠶」——亦突發奇想地說：「安得人間也發明織藕絲的絲車，盡赦天下春蠶性命！」

全文歡樂與哀感並陳，惻隱情懷閃動其間，充分展現了一名人道主義者對「殺生」議題的省思，質樸真誠，不假任何雕飾，讀來既是高度文學性之抒情散文，也是隱含深刻愛生意涵的哲學思辯小品。

# 一隻鴿子

◎紀弦

我確信牠是有感情的，有意志的，而且智慧相當的高，絕非一隻凡鳥。

今年七月初，一連下了好幾天的雨；日夜不停的下，這種霪雨，最是令人厭煩的了。就在頭一天的夜晚，我女婿拿著手電筒冒雨上天臺查看水塔裡的儲水，偶然在我的一號花臺旁邊發現一隻受難的鴿子，他就把牠弄到我的天臺小屋裡來，找塊乾布，擦乾牠身上的雨水，放在我的書架上過了一夜。當時這鴿子已奄奄一息了，要不是他救了牠的命，不到第二天早上準會死的。於是我嘉獎了我女婿。我女兒聽見了我們的談話聲，也跑上來看看究竟什麼事情。這可憐的動物，不曉得牠怎會遭遇到這場災禍的？想必是有一群鴿子打從我們這兒經過，牠體力不支沒勁了，就暫時停下來，打算歇一會兒，等雨止了再飛的吧？是嗎？這只是我們的推想而已。又，牠是從那兒來的呢？我認為很可能就是我們附近人家養的。我女兒懷疑牠來自中南部，失了群，迷了途，又碰上風雨，因而造成這不幸的結果，也是有可能的。我女婿卻笑著說：「不是來自日本，就是來自菲律賓。或者竟是來自外太空的也說不定。」於是三個人都哈哈大笑了。

我們這三幢連在一起的三層公寓式房子，共住九家。我家住靠北的三樓，和住靠南的三樓那一家，分別占用了天臺，各蓋小屋一間，而以水塔為界。我又利用空間，以紅磚水泥造了三座花臺：西邊的是一號，北邊的是二號，東邊的是三號，種了不少花木和蔬菜。我女兒我女婿我太太和我最小的兒子，他們四個人住三樓三間正房，我一個人獨居天臺小屋。我晚上批改學生們的作文簿，看考卷，算分數，或是寫稿子，常常要開夜車，弄到兩三點鐘才睡，所以我就和他們分開，離他們遠些，以免影響他們的睡眠，妨礙他們的安寧。而在天臺上，我卻有我的小天地，我自得其樂。平常沒什麼事情，他們也不會上來找我，怕打斷了我的文思，嚇走了我的靈感。可是這天晚上，情形卻大不相同了：聽見了我們三個人的笑聲，正在看電視的我太太也上來了，我小兒子也跟著上來了。五個人和一隻鴿子，構成了天臺小屋裡前所未之有的一大熱鬧場面，你一句我一句的說個不停。而最後的一個共同結論是：就讓牠歇在這兒吧，等天晴了把牠放走。

第二天早上，我剛剛睡醒，一眼就瞧見了那鴿子在我的書架上走動，似已恢復了點元氣，不像昨晚那樣的殭木了。於是我起身下樓，抓了把麥片上來餵牠。牠眼睛好尖，一看見糧食，就縱身一躍而下，啄個不停，吃了個飽。由此可知，牠挨餓已不只一夜了。我又用隻小盆拿了點水來給牠喝。可是雨還在下，天還沒晴，怎麼辦呢？只好留著牠，讓牠在我房間裡吃吃喝喝，走走跳跳又飛飛的，愛怎樣就怎樣。第三天還在下。第四天還在下。直到第五天，好不容易，出了個大太陽。於是我打開房門，好讓牠自由行動。我照常做我自己的事情，不去惹牠。牠步出我的小屋，並沒有馬上飛走。牠先在天臺上走動走動，到處巡視一番；然後跳上一號花臺，再跳上比花臺更高的天臺圍牆，站在那裡，有所觀察；然後伸伸兩足，舒展舒展雙翼；又停了一會兒，這才振翅而去。我傾聽著牠的羽搏聲，是那樣的優美而有力，如某種樂器之發音，又像遠處紙鳶之弓鳴。

牠是一隻白色的鴿子，而頸部有翻毛，樣子很特別，就像Sir Walter Raleigh似的；又像一位穿皮領大衣的貴婦人，如果牠是雌的。奇怪的是，除了頸部翻毛帶有一些不規則的赭紅色斑點之外，全身雪白，無一雜毛。牠的喙是淺紅色。眼睛是黑的，還有一道橙色的外圈，圓圓的，像鈕扣，這也不同於一般的鴿子。而兩隻腳的顏色近乎珊瑚紅，很是好看。我們猜想，牠可能是屬於某一高級品種。但這有待專家鑑定——我們從來不養鴿子，毫無經驗。真的，這翻毛鴿子，太像Sir Walter Raleigh了。如果要給牠取個名字的話，我想就喊牠「爵士」好了，假定牠是公的。而Sir Walter Raleigh乃是一種美國菸絲的牌子，即以這位爵士抽菸斗的畫像為商標。但很抱歉，這種牌子的菸絲，我是最不喜歡抽的。

出大太陽的這一天，整個上午，我都很愉快，因為我已經把鴿子放走，我們救牠一命的任務已告完成。午餐時，我還多吃了半碗飯，覺得胃口很好。飯後午睡片刻，十分鐘乃至半個小時，是我平日的習慣。可是這一天，卻大睡而特睡，直到下午四點多鐘，方才醒來；一種有節奏的羽搏聲，很熟悉的，使我睜開了眼睛。哇！原來是我們的「爵士」回來了。我隔著紗門，看見牠站在一號花臺上，精神滿好的樣子，我就下去告訴我太太，又舀了一盆水和抓了一大把麥片上來餵牠。牠一點兒也不怕我，而且對我頗有好感似的。我想，牠應該已經歸隊到牠的一群裡去了，而現在又飛回來玩玩，大概是不忘記牠的避難之所，和感謝我們的救命之恩吧？牠雖然不會說話，無法表達牠的心意，但我確信牠是有感情的，有意志的，而且智慧相當的高，絕非一隻凡鳥。

到了五點多鐘，牠還不走，還在天臺上散步，看樣子，牠大概是想在我這兒定居下來了。而我小兒子我女兒女婿都已下了班陸續的回來了。他們三個人都不約而同的第一句話就問我：「鴿子呢？」我說：「上午把牠放走，下午又回來了。」孩子們好高興，一致決議：收留，畜養。我女兒就說：「我猜的不錯吧？牠一定是來自中南部的，失了群，迷了途，回不去啦。如果牠是附近人家養的，怎麼還不歸窩？天都這麼晚了。」我承認她的話有理。我小兒子提議：「給牠取個名字好不好？」我說已經有了，就把那隻早已空了的Sir Walter Raleigh的菸罐子拿出來給他們看。都說：「真像！」於是我們家裡多了一位名叫「爵士」的朋友。

我把我的房門打開，好讓「爵士」進去過夜。誰知牠並沒有這個意思，牠在天臺圍牆外找到了睡的地方。晚飯後，我們用手電筒去照照，見牠在那圍牆盡頭，靠樓梯護牆，天臺伸出去尺把長的一角上，

睡得相當舒適，也就不去驚動牠了。以後一直都是晴天，牠在露天底下睡覺，暫時不成問題。這樣過了兩三天，牠把環境摸熟，就又找到了一處更安全的臥室。那是樓梯盡處，與天臺相連接，比一個榻榻米略大的一小塊地方，無以名之，名之為月臺間。在這兒，我擺了一張有兩個抽屜的小書桌和一隻可以摺起來的椅子，專供白天寫稿之用。天臺小屋晚上涼快，白天很是悶熱，不能坐在裡面工作，有這月臺間一桌一椅的設備，我方便得多了。但這只限於夏季，天一冷就失去其重要性。除了攤開稿紙，坐下來寫文章，這張小書桌上，平常是什麼東西都不放的。所以我們的「爵士」，就看中了這張大床而藉以高臥了。還有一層，這月臺間，有一道門，打開來是通天臺的，我為了進出方便，這門就讓它經常開著，用繩子扣好了，有門等於沒門，這對於「爵士」的早出晚歸，飛出飛進，當然更是毫無阻礙的了。

每天早晨，我一聽見了「爵士」的羽搏聲，就起來照料牠喝水吃東西。除了麥片，我又買了些鴿子專用的飼料回來餵牠。每天上午和下午，牠都要飛出去玩一陣子；而中午卻待在家裡，大概牠也養成了午睡的習慣。牠對於天氣的變化特別敏感。如遇有陣雨，牠會及時飛回來躲避，而不讓羽毛被雨水淋潮。我相信，上次慘痛的教訓，牠永遠不會忘記。牠常飛到隔街那邊大學的屋頂上去，和人家的鴿群會合，一同飛，一同玩，到了傍晚，牠就單獨回來，而不跟牠們走——這就是一種性格，獨來獨往，與眾不同。

我太太告訴我，她聽孩子們的阿姨說，有鴿子自動飛來，大吉大利，這個人家，一定會發財的。我笑笑，說：「但願如此。」其實我所特別重視的，只是「爵士」和我們之間的友誼——一種人鳥之間超然純粹的友誼。至於發財不發財，吉利不吉利，我是一概不管的。還有，牠究竟是雄的呢，還是母的？牠是什麼品種，血統如何，原產地是那兒？這些等等，要不要請一位專家來鑑定一下？——那當然不必了，這是誰都可以代我回答的一句話。為什麼？因為存在於我們之間的友誼，是超然的，是純粹的。我們愛這鴿子，這鴿子對我們有感情，這便是一切了。

——選自《千金之旅——紀弦半島文存》，文史哲出版社

## 作者簡介

紀弦（1913～2013），原名路逾，陝西扶風人，國立蘇州美專畢業，曾任成功中學教師，退休後赴美定居。曾創辦《現代詩》季刊，對臺灣現代詩發展深具貢獻。其詩風格獨特，變化多端，自喻是「曠野裡獨來獨往的一匹狼」。著有詩集《摘星的少年》、《晚景》、《半島之歌》、《宇宙詩鈔》、《年方九十》，散文集《終南山下》、《千金之旅》等。

## 慢讀與深思

紀弦是一位以身許詩的創作者，他的形象鮮明（「拿著手杖7，咬著菸斗6」）、風格獨特（「我乃曠野裡獨來獨往的一匹狼」），是一位很「酷」的詩壇前輩。創作逾七十年，紀弦詩收入選集無數，但散文收編至選集者，〈一隻鴿子〉很可能是第一篇。

這寫於紀弦六十三歲的作品，意到筆隨，生動風趣，展現了他酷勁犀利風格之外的另一面向——溫柔細膩、暖意十足，令人印象深刻。全文自某一久雨七月的時間點切入，敘述紀弦女婿意外在屋頂花臺，發現一隻奄奄一息的白鴿，一家五口都決定收留這受難之鳥，於是人鳥之間遂展開了一段美麗有趣的故事。

紀弦以截然不同於詩筆的緩慢節奏敘述這故事，從相互信任的人鳥互動，寫到鴿子令人讚嘆的羽色形貌——全身雪白、黑眼睛周邊有一橙色外圈環繞，狀如鈕扣，更以幽默之筆趣寫白鴿帶來的精神愉悅，使他食欲大增，以至於午餐時竟「多吃了半碗飯」等等，令人莞爾。

由於紀弦相信白鴿有感情、有意志、智慧高，又因其頸部一圈翻毛，令他想起十六世紀伊莉莎白女王時代，經常穿著白色高領華服的Walter Raleigh爵士，故特為白鴿取名「爵士」。雖有人告以有鴿自動飛來，「大吉大利，一定發財！」但紀弦只淡然一笑，至於白鴿是公是母？品種血統如何？更全不在意，因為他所重視的，只是「爵士」和他們一家人之間的友誼，一種人鳥之間超然純粹的情誼罷了——

「我們愛這鴿子，這鴿子對我們有感情，這便是一切了。」

由於視白鴿是生命中一個值得珍愛的另類朋友，人鳥相契，莫逆於心，真可謂「永結無情遊，相期邈雲漢」！於是，一位充滿愛心的詩人，一隻偶然飛來的白鴿，在天地間，共同譜寫了一個超越物種的愛的故事。

# 鼠友

◎琦君

我走以後，房東或者將來的房客會允許牠以烤箱為窩嗎？很可能是一個捕鼠器，使得牠血肉模糊，那麼我現在的款待，反倒是害了牠。

人而淪落到與鼠輩為友，這個人若不是品質上有問題，至少也是性情孤僻吧。可是一年多來，我這種想法已大大有了轉變。因為我確確實實與鼠輩做了朋友，彼此由相安無事而達到莫逆於心的程度。這話似不合常理，難以置信，但我是誠實無欺地告訴讀者，一點也沒有誇張的。

旅居中，我的住所，一直是因陋就簡。廚房裡與爐灶相連的烤箱，年久失修，根本不能使用，我就索性用它收藏食物如粉絲、海帶、蓮子、花生之類，以備不時之需。每當我取用時，卻常常發現蓮子、花生的玻璃袋上有個窟窿，我想糟了，裡面有蟑螂。外子是捉蟑螂能手，在臺北時，往往手到擒來。他卻說不見得是蟑螂，因為未見牠們出沒爐臺，可能是老鼠。我想封得緊緊的烤箱，老鼠從何處進入呢？若真是老鼠，又該怎麼辦？用捕鼠器夾得牠們腦漿迸裂，我絕不忍心做那樣的事。任由牠們揚長出入吧，又不像話，實在是煞費躊躇。再仔細一檢查烤箱，原來靠牆壁之處有個小破洞，直通牆外。牆外是一片斜坡，老鼠就是從這破洞進入的。洞那麼小，能進入的老鼠一定也非常小，一時心生憐憫，不如任憑這小小東西自由出入吧，就沒把破洞口封閉。我這樣做是因為想起一位好友的五歲小孫子，他每晚臨睡時，不忘悄悄地裝一小碟飯菜，送到後院儲藏室裡餵小老鼠。童稚的慈悲心，遠非涉世日深的成人所能及。由於一絲慚愧與贖罪的心情，我也來學學他的「為鼠常留飯」吧！況且氣候漸入隆冬，野外雨雪紛飛，老鼠們悽悽惶惶的，教向何處覓食呢？我就索性將烤箱中其他罐頭食物等撤清，裡面只放一小盤米，一小盤生扁豆，還鋪了張厚厚的報紙供牠棲息。

當晚，就聽到悉悉索索之聲，我輕輕過去打開烤箱門一看，果見一隻小老鼠，驚惶地從洞中逃逸。我抱歉地馬上關上爐門，決心不再打擾牠，讓牠飽餐一頓，睡個溫暖的覺吧。而警覺的牠，就不敢再來，直到我熄燈以後，才聽到悉索之聲再起。

如此數晚以後，白天裡看看米和扁豆吃光了，就再給添上。牠雖躲躲藏藏，我餵牠飼料時，心中卻感到一份慷慨施捨的樂趣，十足的自我陶醉。外子責我不當養老鼠貽害房東，我卻振振有詞地說，我如不餵牠們，牠們反而爬上二樓，吃房東的糧食，終遭殺身之禍。他又譏諷我發揮婦人之仁，只見到飢寒小鼠，而對於掙扎在海灘或叢林中的越南、高棉難民，卻只能徒呼奈何，我唯有報以嘆息，默無以對。

有一個晚上，我坐在臥室沙發裡看書，忽見一個小黑點自我腳邊竄過，身體小得比蟑螂大不了多少，我把檯燈扭向牆角一照，牠驚慌了一陣，便蹲伏下來，一動不動。這當然是小動物自護的本能，我愈發的對牠憐憫起來，心裡對牠說：「你不要怕，我絕不傷害你。」難道真的有第六感嗎？牠的一對小黑眼睛定定地向我望來。這一剎那間，我頓時感悟到佛家之言：大凡恐懼心、殺心，都會相互感應。猛虎不食嬰兒是因嬰兒無恐懼心與殺心，這也是非常合於科學原理的。我伏下身子對牠說：「烤箱裡有得吃的，你怎麼跑出來了，你又是從什麼地方出來的呢？」當我站起身來去打開烤箱門時，牠竟一溜煙從底下抽屜縫中鑽進去了。原來下面還有一個洞可以進入廚房。我一看盤子裡米還剩不少，扁豆卻吃光了，還撒了滿處的豆殼。真是懂得享福，吃豆子還剝殼呢，和人一樣，寵不得。好在扁豆價廉物美，就再給滿滿加上。自忖無聊到以養老鼠排遣歲月，比在臺北公寓中養貓更等而下之。但比起這裡的鄰居們，每天一大早在寒風中被狗牽著跑，還得隨手為牠清除大便，到底自在省力多了。

我這麼一打擾，小老鼠有好幾天沒動靜了，我不免有點失望，總覺人鼠之間，這點脆弱的感情究竟難於建立，只好耐心再等待。我一直不知道烤箱裡進進出出的有幾隻老鼠，但一定都是一樣的瘦小，否則無法從那小破洞中進入。但無論如何，牠們已逐漸熟悉了我的動作和腳步聲，也體會得到我對牠們的友善而有了信心，膽子漸大，才會由廚房跑到臥室裡來。牠的信賴使我感到得意。夜深讀書寫作倦了，聽聽牠們悉索之聲，也是一種慰藉。彷彿屋子裡多一個小生命，就多一份溫暖。我還時常期待牠們的出現，因而故意不加糧食，讓牠們出來找吃的。果然有一晚，在明亮的日光燈下，一隻小老鼠大大方方地採取蛇行的方式，向我爬過來。我放下筆，呆呆地望著牠，牠也呆呆地望著我。忽然飛速地跑過來，碰了一下我的拖鞋尖，立刻又竄回去，鑽進了烤箱。頑皮的小鼠，竟然和我捉起迷藏來了。可見我這個人，在牠心目中，已經威嚴掃地，我就索性和牠遊戲一番吧！我打開烤箱，看牠躲在一角，並未從洞中逃走。仔細觀察，好像就是那隻向我臥房登堂入室的小鼠，難道就只有這一隻寂寞的小鼠嗎？牠是不是打算出來和我這個異鄉之客作伴呢？我們的心意無法溝通，我就自作多情地這般想著。又連忙抓了一把蓮子放入盤中，讓牠好好打個牙祭。

這一款待，卻提高了牠的胃口，（你說小動物與人有什麼兩樣？）慢說對米沒興趣，連剝殼的扁豆也不足以滿牠的意了。在大白天裡，我在廚房工作，牠都會大搖大擺地出來遊蕩一番，完全無視於我這個以禮相待的朋友。而我卻反為此暗暗高興，認為已贏得牠的友情。於是蓮子之外，再加奶油乳酪，反正美國這類東西比臺灣便宜得太多，我亦落得做一陣短暫的慷慨主人。看牠吃得那樣津津有味，卻不禁為牠的將來擔起憂來。因為我只是個房客，我走以後，房東或者將來的房客會允許牠以烤箱為窩嗎？很可能是一個捕鼠器，使得牠血肉模糊，那麼我現在的款待，反倒是害了牠。我恨不得告訴牠，對人類不能不設防，人心之不同，各如其面啊！

外子責我婦人之仁是一點不錯的，我明知鼠輩對人類為害之烈，只是為了解除客中寂寞而縱容了牠。我也明知如果是自己的房子，就絕不會讓牠以烤箱為家，即使不加捕殺，至少也要把牠驅逐出境。想到此，不禁為自己的一點私心而慚愧萬分。

我更想到南中國海上，千千萬萬的難民，嗷嗷待哺，奄奄一息，這個悲慘的世界，豈容我個人以飼鼠為大德，而沾沾自喜呢？

小鼠又出來了，牠蹲在一角，又是睜著小眼睛直望我。現在我們已經有了默契，我絕不驚嚇牠，牠也絕不躲避我。我們真像兩個心照不宣的好友，脈脈相對。我總覺這微不足道的小生命，即使再短促、無知，也有牠自己的天地，有牠活下去的權利。牠既不懂得人世間有如許慘重的災劫，更不應該把怨氣出在牠頭上。我既無法為牠往後的安全設想，又何能為自己的來日安排什麼呢？但至少，自一個長長的冬天直到春天，我餵牠，牠也接納了我，而我又即將離去。在這有限的時日中，讓我們盡量享受這一段不尋常的友情吧。

飯桌下有我自己啃了一半的巧克力糖，我把它輕輕擺在小鼠身邊。巧克力的香味使牠體會到我更多的善意，牠一點也沒有退縮，鼻子抽縮著，看牠早已垂涎三尺了。

「吃吧，小老鼠，」我低聲對牠說：「希望你以後不致挨餓，希望你一直能過自由自在的日子。」

——選自《留予他年說夢痕》，洪範書店

## 作者簡介

琦君（1918～2006），本名潘希真，浙江永嘉人，曾任司法行政部編審科長，文化大學、中央大學、中興大學中文系教授；曾獲金鼎獎、國家文藝獎、中山文藝獎等。作品風格溫柔敦厚，曾被譯成英、日、韓等多國文字，並多次選入中學國文課本。著有小說集《菁姐》、《百合羹》、《橘子紅了》，散文集《紅紗燈》、《桂花雨》、《三更有夢書當枕》、《水是故鄉甜》等。其中，《橘子紅了》曾由公共電視臺改拍為連續劇。

## 慢讀與深思

如果俗諺「過街老鼠，人人喊打」，充分反映了人厭惡鼠輩，必欲去之而後快的心態，那麼寫下〈鼠友〉一文的琦君，便真可謂「佛心來著」了。因為在此文中，琦君自述她視鼠為友，「以禮相待」，不斷慷慨餵以白米、扁豆、蓮子、奶油乳酪、巧克力，致鼠與人充滿默契，竟「達到莫逆於心的程度」，實令人驚嘆。

其實琦君以鼠為題材之作，除此處所選〈鼠友〉外，另有〈人鼠之間〉一文（見《桂花雨》）。這兩篇散文都以生動細膩之筆記述了她「為鼠常留飯」的慈悲情懷，但〈鼠友〉一文在敘事層次上，更由老鼠在人類世界裡的卑微求生，延伸到對叢林、海上難民悲慘境遇的關懷，且更以一個不久後即將離去的房客身分，對自己在租賃住宅內餵食老鼠、養成老鼠對人的信賴感，究竟是愛之還是害之的矛盾不安，反覆推敲、思考——

「因為我只是個房客，我走以後，房東或者將來的房客會允許牠以烤箱為窩嗎？很可能是一個捕鼠器，使得牠血肉模糊，那麼我現在的款待，反倒是害了牠」！

在此無解、無奈情況下，堅持卑微小鼠也有「活下去權利」的琦君，除祝福命運未卜的小鼠「以後不致挨餓」、能一直過著「自由自在的日子」外，更決定在眼前這由冬至春的短暫時日中，要熱情款待異鄉結緣的鼠友，「讓我們盡量享受這一段不尋常的友情吧」！

全文真誠敘事，且對自己的「婦人之仁」和為解客中寂寞、縱容老鼠的「私心」，進行批判，雖文末以無奈無解的困境作結，但文中所述人鼠之間那不可思議、美好有趣的互動，以及作者對「微不足道的小生命……也有活下去權利」的思考，仍值得再三品味深思。

# 鼠友

# 鹿來的時候

◎黃永武

我想起一位美國作家的話：在耙地的時候，有一隻麻雀偶然停上肩頭，他感到被麻雀選中的榮耀，勝過任何軍官熠熠的肩章。

社區裡常出現的動物，當數貓狗，貓以冷媚眼迷人，狗以熱性子娛人，基本上人是以宇宙主宰的獨占立場看動物的，能取悅於人者就成為寵物，不能取悅於人者任其流放。而鹿是不討好人，也不期待別人的討好，人接近牠，牠就離開。其實牠也是體性馴良的，可是始終保持著高岸矜莊的表情，獨立謀生。每逢牠出現，便替社區點綴出山容野態的微妙圖案。

數年來，我都沒聽過鹿鳴，「呦呦鹿鳴」只在《詩經》裡讀過，鹿的出沒，總是無聲無息，像飄忽的幽靈。當我發現鬱金香的蓓蕾，忽然一齊被斷了頭，只剩一排排禿莖，今年春天的盛景已被盜割，唔，是鹿來過了！當我發現新種的土耳其棕色無花果樹茸茸嫩葉不翼而飛，該呵護還沒及時呵護，唔，又是鹿來過了！

杜鵑花含毒，牠不會碰，牡丹也歷年無損，大概不對胃口，玫瑰則是牠的最愛，玫瑰花香簡直是召喚鹿群的魔笛。我有點怨鹿，遍地厚厚的軟草偏不吃，轉眼之間，深紅淺黃的玫瑰苞葉，全成牠一頓午餐沙拉。只好不顧雅觀，圍鐵絲圈來護花。聽說鹿最不喜天竺葵的白漿汁，就在鄰界處種上一排。然而那仍是無效的，無知的小鹿來時，每樣花葉都嚐嚐，然後吐了一地。

對鹿的侵入，保持著警戒，有次來了六隻鹿，眼看後院的花葉將一掃而空，只好出聲驅趕，鹿群緩緩步入鄰家，但見鹿頭仰高俯低，正在大塊朵頤，吃了一陣，沒見鄰居有何反應，就好意地打電話過去：「鹿在吃你家的花！」鄰居呵呵地笑了兩聲，回答道：「我已看到，我已看到，讓牠們去吃！」

「讓牠們去吃！」聽來沒一點著急，反而很得意的樣子，大出我意外，也讓我像挨了一記悶棍！原來鄰居正在欣賞鹿兒吃花時閒暇自得的模樣！我想起一位美國作家的話：在耙地的時候，有一隻麻雀偶然停上肩頭，他感到被麻雀選中的榮耀，勝過任何軍官熠熠的肩章。這鄰居也正在享受被鹿選中的榮譽吧？

「讓牠們去吃！」簡單一句，比聖賢講了許多「民吾同胞，物吾與也」的大道理更切實踐行！動物是我們的親戚支流，能善待動物，才能善待同胞。這世界如果狹小到容不下動物時，不久，人也將容不下異族同胞了！講解多少慈悲喜捨，不如一句「讓牠們去吃」！在鹿群吃飽以前，你自己也不進食物餓餓看嘛！為此，我深深為出聲驅鹿、種葵拒鹿而慚愧。

臺灣來的李醫師，新買了一座田野山莊，莊內含半個大湖與一條小溪，巨樹千百，夏季我們去他家湖濱坐坐，風景秀美人人稱羨，秋季鮭魚洄游上小溪，他家卻有了煩惱，因為許多熊趕來小溪邊，他晨起開門，常常有熊在屋廊下吃魚！他打電話向房產經紀人訴苦，經紀人對他說：「這原本是熊的家園，我們借來暫住的！」這話給我更大的覺醒，誰家院子原本都是鹿的家園，鹿回來的時候，必須要有耐心歡迎，並學會說：「讓牠們去吃！」

——選自《黃永武隨筆》，洪範書店

## 作者簡介

黃永武（1936～　），浙江嘉善人，國家文學博士，歷任中興大學、成功大學文學院院長，高雄師大國文研究所所長等，並創辦中國古典文學研究會，為國內古典文學研究之重鎮，曾兩獲國家文藝獎，退休後旅居加拿大。著有詩學論著《中國詩學》、《字句鍛鍊法》，散文隨筆集《生活美學》、《愛廬小品》、《山居功課》、《黃永武隨筆》、《好句在天涯——我怎樣寫散文》、《我心萬古心——我怎樣做學問》等。

# 慢讀與深思

黃永武〈鹿來的時候〉一文，寫寓居加拿大的他，煩惱於社區鹿群破壞玫瑰花園，正感無計可施之際，鄰居一句淡定簡單的話——「讓牠們去吃！」——如醍醐灌頂，震撼感嘆之餘，引發了他對人與動物之間倫理的深思。

這位不但不曾驅趕、反怡然自得欣賞眾鹿吃花的鄰居，實堪稱了不起的善心人士、充滿愛心的哲學家，也難怪黃永武深受啓發之際，要由衷讚嘆這淡定簡單之語，比聖賢所言「慈悲喜捨」、「民吾同胞，物吾與也」的大道理更具體切實了！而他由此所延伸出來的個人感悟則更發人深省：

「動物是我們的親戚支流，能善待動物，才能善待同胞。這世界如果狹小到容不下動物時，不久，人也將容不下異族同胞了！」

文末，則另以在加拿大購置莊園，對屋廊下常有熊閒坐吃魚、深感困擾的李醫師為例，並舉其經紀人之言「這原本是熊的家園，我們借來暫住的！」作結，指出動物才是這塊土地真正的「原住民」，人類其實是入侵者、掠奪者或借用者，恰與文章一開始所點明之——

「人是以宇宙主宰的獨占立場看動物，能取悅於人者就成為寵物，不能取悅於人者任其流放。」

——相呼應，顛覆了我們向來以人本中心主義，來界定人和動物高下位階、權利優先次序的思維，同樣令人有醍醐灌頂之感！

醍醐灌頂之餘，震撼感悟之餘，那麼，讓我們對人與動物之間的倫理課題，也重新深思一番吧！

# 食之戒

◎南方朔

真的有必要如此窮凶極惡的吃下去嗎？而今大尾吃不夠，還要吃幼齒，世界上有什麼自然生物禁得起如此的吃法？

快過年了。

聽說今年最飆的年節禮物是「幼齒鮑魚」。過去幾年裡，有錢人飆過鮑魚、官燕燕窩，以及大排翅。他們的鮑魚是大尾的，今年則輪到小民們吃幼齒的來過癮。

而說鮑魚（Abalone）就要提及澳大利亞的東南沿岸及礁島。那裡是全球最大的鮑魚產地，有一半以上的鮑魚都來自這裡。澳洲鮑魚每年限額捕採，但因華人吃得愈來愈凶，價格遂日益飆高，盜採之事也就出現了。澳洲最近即抓到一個龐大的黑幫盜採集團，他們的地下工廠發現三萬枚被盜採的鮑魚。盜採鮑魚在澳洲已成了比搞海洛因更有利潤的大生意，盜採的主要操控者多屬華人幫派集團和與其有關的商人冒險家。他們已讓盜採變成一個全球網路的大企業。

華人在澳洲盜採鮑魚，原因是華人世界對鮑魚的需求愈來愈大。以前華人社會比較貧窮，只有少數有錢人吃得起昂貴的鮑魚，大家視之為一種奢侈的行為。而今，華人逐漸富裕，於是昔日罵人奢侈的，也加入了這個奢侈的行列，甚至連中國大陸的新富階級也猛吃鮑魚起來。華人吃鮑魚，把幾個老產區如美國加州、墨西哥灣、加拿大西海岸，以及中東安曼灣的鮑魚吃成了少數物種，產量業已大減。現在則在澳洲合法與非法雙管齊下。目前澳洲每年合法出口的鮑魚達澳幣一億七千萬，折合港幣為八億三千萬，而非法出口的也數量相當。這些鮑魚絕大多數都進了華人的胃裡。這也就是說，全體華人每年差不多吃掉十七億港幣的鮑魚。而這只是產地價格，如果換成零售價，至少要乘上三倍。老天爺，全體華人，包括香港、臺灣、東南亞、北美，還有大陸新富地區，一年就要吃掉五十億港幣的鮑魚！

鮑魚並非瀕臨絕種的保育生物，當然可以合法的去吃。但不管怎麼說，吃鮑魚終究是一種奢侈的行為，香港一客要千元，臺灣也要三千臺幣，加上其他搭配菜肴和酒類，一頓鮑魚大餐吃下來，每個人大概要花費五千臺幣。華人真的有必要如此窮凶極惡的吃下去嗎？而今大尾吃不夠，還要吃幼齒，世界上有什麼自然生物禁得起如此的吃法？

由華人吃鮑魚，就想到歐洲文藝復興之後的吃。文藝復興那個時代起，歐洲已不再那麼貧窮，於是窮凶極惡的吃遂告開始。我找到過幾份當時大請客的菜單，那真是唬人至極，一般的不必再說，稀罕的如羚羊、熊、駝峰、百靈鳥、天鵝等也無不送入肚內，既野蠻又奢

侈。但就在那時，對食物的反省也告出現，食物不能殘酷，也不能奢侈。後來歐洲食物不以稀有物種取勝，而以烹調技巧和氣氛等品味為主的特色，即是透過這樣的反省而形成的。他們社會愈繁榮進步，奢侈的吃只會減少而不會增多，這是另一種吃的哲學，猛吃鮑魚的我們和他們真的很不一樣！

——選自《有光的所在》，大田出版社

## 作者簡介

南方朔（1946～　），本名王杏慶，祖籍江蘇無錫，生於臺灣臺南。臺大森林碩士，文化大學實業計畫研究所博士班結業。曾任《中國時報》記者、專欄組主任、副總編輯、主筆等，並創辦《新新聞》週刊，為知名評論家。著有《語言是我們的居所》、《語言是我們的星圖》、《給自己一首詩》、《有光的所在》、《世紀末抒情》、《笨蛋！問題在領導》等。

## 慢讀與深思

法國海洋學家菲利浦・居里，和科學記者伊夫・密西瑞，曾合著《沒有魚的海洋》一書，指出由於氣候變遷、過度捕撈等因素，全球海洋資源日益耗竭，他們並引用聯合國環境規劃署之預言——

**2050年，海洋將無魚可捕！**

提出警告，希望世人能正視海洋生態危機，並「從自身開始，啓動小小的改變，讓海洋永續發展」。

本書所選南方朔〈食之戒〉和廖鴻基〈拒吃魩仔魚〉二文，可說都呼應了如此的理念，對海洋魚類浩劫和人類的貪婪無度，提出了嚴肅的批判與省思，而巧合且耐人尋味的是，兩篇文章在標題上也都明確傳達了以「戒食」、「拒吃」的具體行動，去改變、逆轉「無魚可捕」之悲劇的訊息。

不過，南方朔〈食之戒〉一文主題鎖定鮑魚，並以實際數據指出，由於華人毫無節制地濫捕、狂吃，致使全球盛產鮑魚之地「美國加州、墨西哥灣、加拿大西海岸，以及中東安曼灣的鮑魚吃成了少數物種」，且成年鮑魚吃不過癮，還要吃未成年（幼齒）鮑魚，面對如此貪縱的口腹之欲和趕盡殺絕的行徑，南方朔不禁質問：「世界上有什麼生物禁得起如此的吃法？」

文末則從文化角度切入，指出歐洲人在文藝復興後對食物的反省，因為放棄了「野蠻奢侈」的飲食取向，終開啓以廚藝、氣氛為訴求的餐飲美學與哲學。全文以「猛吃鮑魚的我們和他們真的很不一樣」作結，雖語帶苦澀，充滿嘲諷，實則語重心長，寄語華人深自反省，堪稱餘音裊裊。想想，「海洋無魚」，是多麼恐怖、荒涼、荒謬的一件事！但願在類此有心人之呼籲，和世人的覺醒與共同努力下，「**2050年，海洋將無魚可捕**」的預言不會發生。

# 癩皮狗

◎奚淞

「癩皮狗，打死你，癩皮狗……」孩子們嚷。癩皮狗於是成了牠的名字。真的，牠確實癩得更厲害了。

我在回家的路上遇見牠，那癩皮醜怪的小東西。想來也不過是因為我多看了牠兩眼的緣故，當我爬上公寓樓梯，用鎖匙打開房門時，一個破爛的黑影一溜煙地從我袴下竄進房中。牠竟尾隨我走了好長一段路，並搶先進了我家。

牠像耍陀螺把戲似地旋轉著身體，伸縮骯髒的舌頭朝我哈氣，並且用牠那因脫毛而變成粉紅色的尾巴，像打訊號旗似的，瘋狂急速地向我揮舞。

我十分震驚，這樣的骯髒，怎麼能留牠在房裡呢。我繞客廳追逐，舉手作威脅狀，把牠直逐到大街上，才鬆了一口氣。然而那奔跳逃走，猶頻頻回顧乞憐的小小身影，不知怎地，竟深印在我的網膜裡，成了一塊揮之不去的汙斑。

從此我察覺到在生活周遭，除了和藹優雅的鄰居和天真的孩童外，還有牠出沒著。

下雨天，我看到牠站在屋簷水溝旁索索地發抖。

天晴時，我看見牠埋身於菜市場的餿水桶裡，嘓嘓地吞嚥著汙穢殘食。當然，有時候也不免被掄動棍棒的孩童追得滿街亂跑。

「癩皮狗，打死你，癩皮狗……」孩子們嚷。

癩皮狗於是成了牠的名字。真的，牠確實癩得更厲害了。當他聳動著身子踽踽行走時，斑塊糾結的皮毛便在瘠瘦多皺的身軀上虛虛地掛垂著，像隨時一觸便會剝落下來的灰泥。

受了這麼多教訓，這癩皮狗總該明瞭牠是不受歡迎的了罷，我想。

圖／李如青

在那一天，陽光大好的日子裡，我在往車站去的途中，又看到牠蜷曲著身子，躺在陽光照射的街頭地面。牠睡著，可是並不完全閉上眼，就像半瞌睡中的守衛兵士，困倦同時儆醒著。一俟行人的足履靠近，牠立即起身，恭謹地讓開兩步，再恢復原有姿態躺下。那意思彷彿說：

「我知道我是惹人嫌的，可是我並不礙著您哪，先生。」

然而未久，牠又昂起頭部，兩耳像雷達一樣轉動。是了，遠處正有孩子喧譁的聲音走近。牠知道這回完全不可以講理，便趕忙起身，夾好尾巴，快快地離開這片危險地區。

牠橫走經過我面前時，四根細棍似的腿飛快交替著，因為那麼輕，連地上的一絲灰塵也帶不起來。牠停步，張惶了一下，又拐彎背著我跑遠了，在一段距離中，我看牠的四條腿重疊成起落的兩條，竟像個漸行漸遠奇異的小人似的，披著一身襤褸，悄沒聲響地流浪在這寒涼的大世界裡。

——選自《姆媽，看這片繁花！》，爾雅出版社

## 作者簡介

奚淞（1947～　），生於上海，國立藝專美術科畢業，法國巴黎美術學院深造，曾任《漢聲雜誌》編輯、《雄獅美術》主編，文學創作外，以佛教藝術繪畫知名。著有小說集《夸父追日》，散文集《姆媽，看這片繁花！》、《三十三堂札記》、《給川川的札記》，圖文合集《自在容顏》、《大樹之歌》、《光陰十帖》等。

## 慢讀與深思

奚淞〈癩皮狗〉一文，以精準生動的文字、不動聲色的筆觸，刻劃一隻被棄的流浪狗，搖尾乞憐、輾轉游走於人類世界的卑微形象。

全文從此狗尾隨他鑽進公寓內、渴望被豢養的一樁意外事件寫起，進而敘述他由震驚轉至「這樣骯髒，怎能留牠在房裡？」的人之常情的反應；接著，則以一枝客觀冷靜之筆，書寫癩皮狗在人類都市生存之種種艱難——晴日於汙穢餿水桶中覓取殘食、雨天全無託身遮蔽之處、無知孩童總掄動棍棒滿街追趕，以及，癩得愈來愈厲害的悲慘現實，毫無希望、前途茫茫的淒苦未來等。

　　文中，奚淞除以鄰人的「和藹優雅」和癩皮狗之骯髒襤褸對照外，更以癩皮狗步履之輕，「連地上的一絲灰塵也帶不起來」，暗示其在人類都會中之輕賤與微不足道。雖篇幅短小，卻充分呈現了一隻棄犬彷彿「行走的垃圾」的悲哀面貌，和「流浪在這寒涼大世界裡」的受難形象，令人不忍，從而湧動惻隱情懷。於是，細加品讀，在奚淞客觀筆觸背後所含藏的，不是不動聲色的冷靜，卻是一顆悲憫無奈的心啊！

Alan 20161109

# 我只想回到自己的家

◎顏崑陽

他們真的很熱情，自認為給了我最好的東西，卻始終不曾問我究竟需要什麼。

我在某一家三樓的前陽臺被捕；撞翻了兩個盆景，紅蟬花與雀舌黃楊躺倒地上。捉住我的傢伙，是一個膚色黝黑、體格強壯的男人。他的手勁很大，掐得我脖子差一點兒斷掉；為什麼就不能溫柔些呢？

我看到他興奮地張大了嘴巴，緊緊抱住我不放。從來都未曾這麼靠近人，我感到快要窒息了。

他快步下樓，走到一個小女孩和一個小男孩面前，得意地把我推出去，說：「你們看，這是什麼？」

兩個小傢伙同時尖叫起來，臉色竟然因為亢奮而漲紅。小男孩伸手把我攬了過去，小女孩也伸手搶著要撫摸我。他們很熱情。

「爸爸，我們會好好照顧他！」

他們真的很熱情；但我只覺得非常恐懼，使盡力氣掙扎，甚至用

嘴巴咬住他們的手。然而，他們的熱情似乎一點兒都沒有因此減退，還不斷稱讚說：「好好玩哦！他竟然會咬人！」

他們開始討論著，應該替我安排住在什麼地方最舒適。小女孩說：「我願意拿出一塊最喜歡的絲絨，替他鋪張柔軟的床。」他們又討論到，應該給我吃什麼最可口最營養。小男孩說：「我願意拿出最愛吃的核桃，讓他享受一頓豐盛的晚餐。」

他們真的很熱情，自認為給了我最好的東西，卻始終不曾問我究竟需要什麼。我只覺得非常恐懼，瑟縮在角落裡。別說核桃引不起我絲毫的胃口，就連水我也沒心緒去喝。雖然我的確又餓又渴；但這時候我最需要的卻不是這些。

他們似乎閒極了。男人顯得沒什麼耐心，看我不吃不喝，嘀咕了幾句便走開；但小女孩與小男孩卻大半天陪在我旁邊，注視著、談論著，並不斷試著引誘我吃喝。

傍晚，這家裡的女人回來了。「你們別瞎好心啦！沒看他嚇成那個樣子嗎？」她倒是比較懂得我。

夜色漸漸深了，但我怎麼也闔不上眼睛，那張舒適的床，碰都沒碰一下。這時候，他們已睡著了吧！我卻還是瑟縮在角落。雖然身旁有最舒適的床和最可口的核桃；但我只覺得世界無邊的黑暗。此刻，我除了恐懼之外，更感到哀傷與孤獨。這絕對不是我真正嚮往的世界。他們始終不曾問我究竟需要什麼。難道從今以後，我都得過著這般被「關愛」的日子嗎？

第二天，小女孩彷彿感覺到什麼，反覆放送著一卷音樂帶：叢林中，風聲、水聲，此起彼落的各種鳥鳴聲。

她是想慰藉我的鄉愁吧！然而，這一切是多麼不實在。「家鄉」絕對不是用耳朵聽得到的啊！

「你們不必為他造一個家，只需讓他回去自己的家。」女人對孩子們這樣說。我的眼淚忽然湧了出來。

我，只是一隻無名的小鳥，偶然在飛翔途中折損了翅膀。我不需要絨床與核桃，只想回到自己的家。

——選自《上帝也得打卡》，麥田出版社

## 作者簡介

顏崑陽（1948～　），臺灣嘉義人，國立臺灣師範大學文學博士，曾任東華大學中文系教授兼人文社會科學學院院長，現任淡江大學中文系教授。曾獲《中國時報》文學獎、中國文藝獎章等。著作有短篇小說集《龍欣之死》，散文集《秋風之外》、《手拿奶瓶的男人》、《上帝也得打卡》、《小飯桶與小飯囚》等。

# 慢讀與深思

顏崑陽〈我只想回到自己的家〉一文，從動物角度出發，敘述一隻在飛翔途中折翼的鳥，掉落某公寓三樓陽臺「被捕」的故事。

和本集所選另一書寫人鳥之間的故事——紀弦〈一隻鴿子〉——不同的是，顏崑陽此文，從鳥，而非人的觀點進行敘事；其次，透過鳥的恐懼、哀傷、孤獨，顏崑陽則強烈指陳，或說指控了人的自我中心與本位主義——自認為給了鳥最好的東西，卻始終不曾站在鳥的角度思考牠真正需要的是什麼？於是，文中男孩女孩即使各自奉獻了他們最喜歡、最心愛的柔軟絲絨與美味核桃，甚至充滿風聲、水聲、鳥鳴的人工音樂給落難之鳥，企圖為牠打造一個理想的家，但誠如故事中那位明理的女主人所說：「你們不必為牠造一個家，只需讓牠回去自己的家。」對鳥和所有動物而言，的確，除了讓牠實踐自由意志，重返園林自然，什麼才是牠真正需要的呢？

全文透過一個饒富童趣但卻人道主義取向的故事，語重心長，點出了人在面對動物之際，自以為是的操控心態與盲點，以其令人嘆惋，格外值得細品深思，因為現實人間，許多動（寵）物的悲劇，就是如此造成的。

# 紅菜與青蟲

◎林清玄

這樣一轉念，就發現青蟲並不那麼噁心，只因為吃了我們的菜，我故意把牠看成醜陋吧！

我養過一窩的青蟲。

在陽臺上，我用大花盆種了十幾盆菜，只用清水澆灌，不使用任何農藥與肥料，但青菜也長得很好，幫助我們度過幾次菜價昂貴的颱風期。

有一天，我一邊給長得十分茂盛的紅鳳菜澆水，一邊對太太說：「這紅鳳菜明天就可以採收了。」

紅鳳菜是鄉下人吃的菜，有一種特別的芳香，加一點麻油拌炒，是難得的美味，而且菜色鮮紅如血，鄉下人一直認為有補血的功效。

第二天清早，我要去採紅鳳菜的時候，發現整盆菜的菜葉都不見了，只剩下一條條鮮紅的葉梗，葉梗上爬滿了一條一條體軀像蠶的青蟲，正在賣力的啃食僅剩的葉梗。

青蟲的長相十分醜陋噁心，全身綠油油、軟綿綿，口器又特別發達，啃食菜葉的速度快到令人吃驚。

我看著那數量龐大的青蟲，心中氣悶，想到自己種了一個月才長好的菜，一夕之間就化為烏有，就頗能諒解農夫在田中噴灑農藥的心情。那些其貌不揚的青色蟲類，確是可惡的傢伙！

但是我隨即想到，小青蟲有什麼罪過呢？是牠的蝴蝶媽媽飛來採花，偶然產卵，偶然誕生於紅鳳菜叢中，牠如果不吃紅鳳菜，又要吃什麼呢？眼前紅鳳菜已經吃完，這些青蟲豈不坐以待斃？

想到這裡，忍不住把青蟲一隻一隻移放到美人蕉的花盆，那茂密巨大的美人蕉葉片，應該夠牠們蛻變為美麗的蝴蝶了。

這樣一轉念，就發現青蟲並不那麼噁心，只因為吃了我們的菜，我故意把牠看成醜陋吧！

青蟲於這個世界是沒有選擇的，除了紅菜之外，什麼葉子牠都可以吃，而且幾乎整天活著的任務就是吃。

不多久，吃得倦怠的青蟲把自己化成蛹，掛在枝葉的縫隙。

又過了幾天，青蟲的蛹蛻化成褐色的蝴蝶，在陽臺繞行幾圈，飛向遠處了。

當青蟲變成蝴蝶飛去的時候，紅鳳菜新長成的葉子，又可以採收了。

我對太太說：「這新長的紅鳳菜，明天就可以採收了。」那一刻，我為曾有一窩子青蟲在這裡成長、生活、化蝶飛去而感到欣喜，想到青蟲那肆無忌憚、奮力吃著菜葉的表情，覺得在偶然相會的時刻，青蟲也是非常可愛的生命。

——選自《走向光明的所在》，圓神出版社

## 作者簡介

林清玄（1953～　），臺灣高雄人，世界新聞專科學校電影技術科畢業，曾任《中國時報》編輯及記者、《時報雜誌》主編等，現專業寫作。曾獲時報文學獎、中山文藝獎、吳三連文藝獎、國家文藝獎等。著有「菩提系列」十書、《白雪少年》、《鴛鴦香爐》、《走向光明的所在》、《為君葉葉起清風》，及電影劇本、報導文學、評論集等百餘種。

## 慢讀與深思

林清玄〈紅菜與青蟲〉是一帖平實有趣、啓人深思的生活小品，記述他因田園收穫化為烏有，從最初的氣憤失望，到最後心平氣和接受，甚至欣喜讚嘆的心路歷程，而文章從標題到內容，紅與青，色彩鮮明，對比生動，畫面感強烈，令人印象深刻。

全文從作者所栽植的紅鳳菜遭青蟲咬食淨盡落筆，書寫自己難以面對的心情，但在冷靜、理性思考後，理解青蟲並非刻意冒犯掠奪，而是為了生存不得不然，於是，當下念轉、心轉、境轉，原先「其貌不揚」、「醜陋噁心」的青蟲不但不再礙眼，最終蛻變成蛹、化蝶飛去的結局，更令他做出「青蟲是非常可愛的生命」的結論。

雖文章所書寫的對象是昆蟲而非動物，但林清玄在文中反覆深思的課題——「小青蟲有什麼罪過呢？」、「青蟲於這個世界是沒有選擇的」——卻也指出了世間生物在人類世界裡，身不由己的命運，與忠於生存本能的艱辛；至於文末所言，新長的紅鳳菜翌日即可採收的喜劇性結尾，不但與當前食安、環保理念下，有心人所鼓吹的——吃蟲蟲吃剩的菜、不灑農藥、追求生態永續的土地倫理觀，不謀而合，同時，也巧妙暗示了人與世間生物是可以並存不悖、共享地球資源的！值得多角度細加玩味。

# 我愛泰迪熊（二帖）

◎陳幸蕙

因為這希望之光，是的，我愛泰迪熊！

## （一）我愛泰迪熊

臥室床頭櫃上，擺著兩隻米棕色毛茸茸小泰迪熊，是我常深情凝視的心愛之物。

在我這年齡還喜歡泰迪熊，許多人都要覺得「幼稚」吧！但我所以喜愛泰迪，除了它充滿童趣的形象，屢屢召回我失落的童心外，更因為這超「萌」小熊的背後，蘊含著一個令我歡喜讚嘆的故事。

其實，泰迪（Teddy），原是上世紀美國總統老羅斯福的小名。據說，一九〇二年，羅斯福在密西西比秋季狩獵中，因毫無斬獲，隨扈們覺得空手而返，有失總統顏面，遂把他們在森林中捕捉到的一隻出生不久的小熊，綁在樹上，請羅斯福開槍射擊。

但羅斯福斷然予以拒絕了！

因為這不只是一種作弊的行為，更因為油然而生的惻隱之心，使他無論如何也無法對這可能尚未斷奶的嬰兒熊下手！他寧可讓人嘲諷他是差勁的獵人，也不願因虛榮的英雄主義作祟，犧牲一個無辜幼弱的生命。

不久後，《華盛頓郵報》刊登了一幅以這故事為主題的漫畫；一位在紐約布魯克林區賣水果的俄裔移民蘿絲，更根據這故事，製作了兩隻絨毛熊在店內展示，據說這便是世上第一對泰迪熊。

由於深受歡迎，更經由專家設計、量產，如今，這可愛小熊已成為跨國界、跨種族、甚至跨文化與跨性別的一種玩偶了。

但對我而言，泰迪熊不是玩偶，而是一種象徵，象徵人道主義、慈悲、憐憫、不忍與——

愛！

當這世界充斥殺戮與流血，令人傷心失望時，泰迪熊卻令人想起人性中這些可貴的特質，而彷彿看見希望之光。

因為這希望之光，是的，我愛泰迪熊！

## （二）親愛的拿鐵

親愛的「拿鐵」和一隻雪色小狗關在籠子裡，正等待新主人以高價將牠買下帶回家。

今天，我曾兩度前去看牠。

由於牠毛色乳棕，令人想起「香草拿鐵」那濃縮咖啡和柔細奶泡的混合，所以我私下為牠取名「拿鐵」。

「拿鐵」是一隻紅貴賓狗，這是臺灣目前銷售冠軍的名犬，身價雖高卻供不應求。

但究竟為什麼會如此熱賣呢？我問店老闆。

是生意清淡的下午時分，前額微禿、在櫃檯前正獨自閒泡老人茶的老闆話匣子一打開，信口道來，便是近幾年臺灣寵物犬的一章迷你悲歡史。

原來，三年前，名模林志玲曾在走秀和「植物の優」電視廣告中，抱著紅貴賓出現。這全身鬈毛茸茸、酷似泰迪熊娃娃的小狗，遂立刻引起注意。由於不掉毛、無體臭、乖巧聰明，在小型玩伴犬中智商最高，因此很快就形成一股飼養熱潮。其後，全臺千餘家寵物店票選十大明星犬種時，更躍登第一名寶座，所以——

「現在都在繁殖紅貴賓啦！種公種母都很值錢，還有走私『進貨』的哦！」

而就在不久前——興奮述說的店老闆，忽嘆惋起來——便曾有漁船在密艙中夾帶七籠紅貴賓，被海巡隊查獲。結果，為貫徹防疫，七籠紅貴賓全被撲殺，無一倖免。據說當這群小貴賓們，滴溜著靈活圓亮、純潔好奇的眼睛，無辜地望著執行「撲滅」任務的檢疫人員時，那幾名年輕工作者「手軟得差點殺不下去」！

「可惜攏總六十幾隻，市價快五百萬，夭壽喔！聽說還有一整籠是『茶杯貴賓』哩！……」

我請教老闆何謂「茶杯貴賓」？

老闆笑說「茶杯貴賓」，就是小到可以放進碗公或大茶杯裡的貴賓犬，約只兩公斤重，像絨毛玩具一樣，袖珍迷你，不過因數量稀少，奇貨可居，所以售價最高。

那麼「拿鐵」呢？

「拿鐵」是「茶杯貴賓」嗎？我問。

老闆說不是，但牠有日本血統證明，售價也不低。

我看著在籠中縮成一團，是因為害怕還是失去母體溫暖正抖得厲害的「拿鐵」，好奇探問這尚在襁褓中的小傢伙「身價」多少？

詳盡解說完畢，終談到價錢部分，店老闆顯然精神大振，老人茶也不喝了，逕從櫃檯後走出來，帶一抹興奮微笑告訴我，他賣「東西」一向來比別家便宜，「拿鐵」本來要六萬，但若我有興趣——

「特價優惠，九折，再湊整數，五萬就好！……」

我看著命運未卜、正殷殷盼望愛牠的新主人出現的「拿鐵」，驚愕之餘，異常抱歉地覺得這是我不該拿出的錢。

因為生命無價！

無辜的生命，可以、應該，如此討價還價、經由販售，達成交易嗎？

而若真進行交易，像商品一樣買下「拿鐵」，是否便助長了幕後我們所看不見的、那不當且不人道的「繁殖工業」？

然後，當曾有過的熱情、新鮮感消失，始寵終棄，滿街喪家之犬，不值錢不起眼的土狗外，我所曾見過的——雪納瑞、米格魯、秋田、可努、西莎、拉不拉多、黃金獵犬，甚至哈士奇——哪一種不是曾引發熱賣風潮的名犬呢？

見我沉思不語，興致勃勃的老闆，續又熱心推薦和「拿鐵」同籠的雪色小狗：

「這隻『比熊』嘛是很好的玩伴犬，蔡依林也有帶這種狗上節目，很可能會流行哦！……」

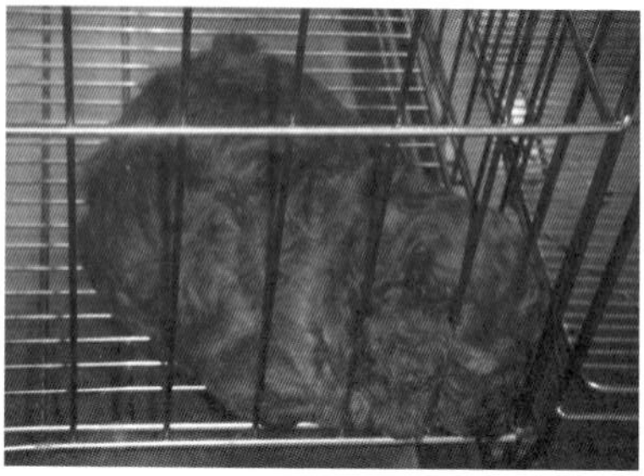

關在籠中的「拿鐵」

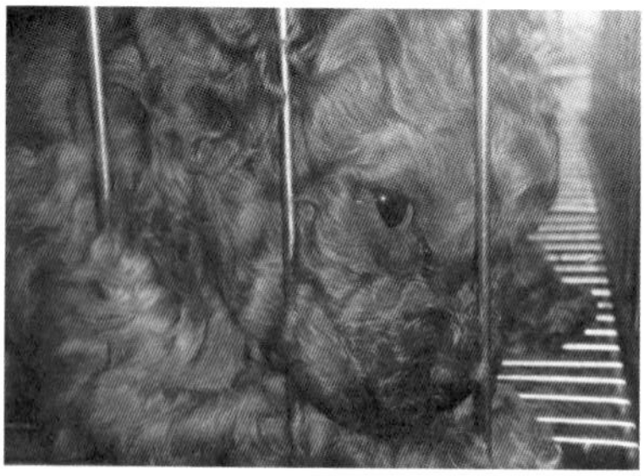

「拿鐵」垂下淚水，似正對我說：「請你，好心的，帶我回家！」

我看著鐵籠上方張貼的彩色廣告介紹。發現「比熊犬」一詞由法文「Bichon」而來，原意為「可愛」或「小寶貝」。這種小型犬毛色純淨，最大特徵是俏麗蓬鬆的尾巴如一叢蘆花翹在背後。文藝復興時期它曾是宮廷貴婦寵物，西班牙畫家哥雅曾以之入畫，是非常活潑優雅的名種犬——

「怎樣？要不要考慮看看？……」

大概我在店裡待的時間太久，這裡那裡張望，一直提出問題，又在鐵籠前不斷端詳「拿鐵」，滿懷希望的店老闆或許從我身上看到了不錯的商機吧！

「哦，先考慮看看再說……」

我禮貌客套地回答，並走出這名叫「愛心無限」的寵物店，說不出是悲哀還是無奈，只再次回頭看了「拿鐵」一眼。

牠也正看著我。

潮溼的眼角，似有憂傷的淚水垂下。

而那祈求的眼神，則彷彿正對我說著：

「我不想待在這冷冰冰鐵籠裡！我很乖，請妳，好心的，帶我回家……」

——選自《海水是甜的》，九歌出版社

## 作者簡介

陳幸蕙（1953～　），祖籍湖北漢口，臺灣臺中出生，臺大中文研究所碩士。曾任教北一女中、清華大學中語系，並擔任臺北商業技術學院駐校作家等，現專業寫作。曾獲中山文藝獎、《中國時報》文學獎等。作品選入國小、國中、高職、大學國文課本。著有《把愛還諸天地》、《悅讀余光中／詩卷．散文卷．遊記文學卷》、《與玉山有約》、《玫瑰密碼——陳幸蕙的微散文》《海水是甜的》，並編撰《小詩森林》、《小詩星河》、《余光中幽默詩選》等數十種。

## 慢讀與深思

陳幸蕙〈我愛泰迪熊（二帖）〉包含〈我愛泰迪熊〉和〈親愛的拿鐵〉兩篇小品，這兩篇文章的寫法和主題面向不同，但著眼點都是動物關懷。

泰迪熊是風行全球歷久不衰的形象小熊，但它所以產生的原因，卻未必人盡皆知，透過〈我愛泰迪熊〉一文，作者敘述了它可感的典故由來，並向心懷慈悲的老羅斯福總統致敬！更深深希望，世人因感念羅斯福愛與不忍而將其故事形象化、玩偶化的泰迪熊，繼續在這世界傳遞正面力量。至於〈親愛的拿鐵〉一文，則是作者以一支感慨良深之筆，自述寵物店所見，寫實、嘲諷兼而有之，具體而微呈現了當前臺灣寵物養殖界的一枚切片，相對於〈我愛泰迪熊〉的喜劇色彩，自是顯得悲傷無奈多了。

簡言之，兩帖小品中，前者從老羅斯福總統不忍槍殺幼熊的真實故事，歸結至人道主義與世界的希望之光；後者則記述作者無能拯救一隻小貴賓犬的矛盾痛苦，並點出當前臺灣飼養寵物風潮背後的陰暗面。

若〈我愛泰迪熊〉一文能啓動善的循環，令讀者心生嚮往欣慕之情，〈親愛的拿鐵〉能令讀者向龐大且慘無人道的繁殖工業說不！如政令宣導所說的那樣——以認養代替購買，那麼，作者文以載「道」、祈求為這世界減少一點點苦難的目的便達到了。

# 讓路給綠頭鴨

◎劉克襄

七八年來，這群綠頭鴨彷彿自然老師，不離不棄願意待下來，甚至春天時都沒北返，顯見他們已認同這裡。

八年前冬末，一對綠頭鴨伴侶在遷徙過程中，飛到民雄和平村一處小水塘休息。其中一隻受傷了，無法再啟航。另一隻為了照顧同伴，竟也堅持留下。

這處小池塘係酵素達人鄭金鎮所擁有。自己生活的環境出現綠頭鴨，還願意過冬，他興奮不已，直覺是地方福氣，轉而積極的照顧。或許是受到安全的保護，又天天餵食。春天時，這對野鴨果真滯留下來，還繁衍了後代。

後來，鄭金鎮把住家前的魚塘整理擴充，綠頭鴨家族更轉移到那兒居住，鎮日在這座如足球場般遼闊的魚塘悠遊生活。如此一代承傳一代，晃眼過去，此一南方魚塘遂成為牠們長期居住的家園。

早晨天氣有些寒冷，我瑟縮地佇立岸邊。綠頭鴨家族看到我，從對岸興奮地呱呱大叫，一邊游過來。大概是肚子餓了，以為有人走到岸邊要餵食，全部趨前來探看。我手中無飼料，有些尷尬的離開，不知為何，牠們竟爬上岸，一搖一擺，仍緊跟著我。

我沿著魚塘邊的草地散步，牠們也在後頭排成長長一列。等我停下腳步，轉而包圍了我。我隨即明白，很可能是自己手插口袋。牠們以為，我隨時會從那裡掏出食物吧。等我雙手一攤，果然失望的離去。

綠頭鴨屬於雜食性，食物種類廣泛，既吃水草、浮萍、藻類和水稻，卻也吃螺類、魚蝦和無脊椎軟體動物等。但牠們對人工飼料也不排斥，儼然如飼養的家鴨。半甲子前，我在關渡賞鳥即親眼目睹，好些小水鴨跟著放養的家鴨混在一起，渾然忘我地走回鴨寮，想要去吃飼料。

體型更大的綠頭鴨也常如此。牠們不僅混在鴨群生活，與家鴨交配繁殖，甚至不再北返。但也有人刻意餵食，吸引牠們留下。金門地區的一處湖泊便這樣定時餵養，結果繁衍過度，數百隻集聚，添增不少環境污染的困擾。

這裡經過八年，按理應該繁衍不少，但我細數一下，不過十來隻。綠頭鴨一窩大約有八九個蛋，產下後，約莫四星期孵出。小鴨屬於早熟性鳥類，孵出後，隨即離開巢區。泅泳走動自如，更懂得亦步亦趨，隨親鳥到處活動。

按理講，依這幾年的繁衍擴充，這支族群少說有四五十隻，其他都去哪兒呢？在自然環境成長，難免有敵害諸如老鼠、街貓和野狗。

尤其是野狗偷襲，威脅最大。成鳥或飛的上天空，但小鴨一上岸可能會被獵捕。魚塘上也不盡安全。水面下棲息著草魚、魚虎和大頭鰱等，可能會伺機捕捉小鴨。

由此狀態研判，小鴨在魚塘的存活率並不高。幸運成長的，在天空來去時，遇見其他鴨群，說不定也興致勃勃，跟著飛離。不論如何，繼續待在魚塘的，一定都屬於家族成員。春江水暖鴨先知。雖是冬初，這群綠頭鴨，四公六母，早已換好羽色。公的綠頭鴨身上擁有豔麗的色彩，母的展現素樸的花點斑紋。

此一開闊魚塘是過去農家留下的埤塘，原本飼養許多淡水魚類。冬天時飛來魚塘棲息的鳥類不少，譬如鷺鷥便有好幾種。綠頭鴨群也棲息於岸邊，遇到危險時，才紛紛下去避敵，或者展翅飛離。

七八年來，這群綠頭鴨彷彿自然老師，不離不棄願意待下來，甚至春天時都沒北返，顯見他們已認同這裡。鄭金鎮常年在外經商，製作酵素有成，如今積極回饋鄉梓。魚塘週遭有不少塊地，都是他捐贈給社區做為綠化空間。這群綠頭鴨的出現，讓他更加堅決，想把魚塘打造為生態景觀池。

魚塘週遭以水稻和蔬果的農地為多。為了呈現過去農家生活型態，他在池畔打造了一對石頭水牛。還在魚塘旁邊，栽種許多大樹。凡有人家割愛的，都特別去購買，希望能夠沿魚塘栽種出小小樹林。

綠頭鴨雖是尋常鳥種，但願意親近人群的情形還是不多見。我想起小時讀過美國知名童話《讓路給小鴨》，書裡面一對野鴨，愛上一處公園湖泊，因為湖中有一座小島。母鴨後來生了小鴨，經過一番探險，波折，最後帶著十幾隻小鴨回到湖泊和公鴨碰頭，此後在公園定居生活。

我因而積極建議，在魚塘中規劃建一座浮嶼。綠頭鴨在湖中棲息，有此浮嶼，當能更加安心地繁衍後代。他也欣然應允，期待他日完成，綠頭鴨進駐，繁衍後代時，再邀我去觀賞。

——選自《中國時報．「人間」副刊》，2016年3月7日

## 作者簡介

劉克襄（1957～　），臺中烏日人，為長年從事自然觀察、歷史旅行與舊路探勘之作家，同時身兼節目主持人、上善人文基金會董事長。曾獲《中國時報》文學獎、吳三連文學獎、臺中文學貢獻獎等，著有動物小說《風鳥皮諾查》、《永遠的信天翁》，散文集《少年綠皮書》、《十五顆小行星》、《兩天半的麵店》，繪本《大樹之歌》、《不需要名字的水鳥》等數十種。

# 慢讀與深思

綽號「鳥人」的作家劉克襄所撰〈讓路給綠頭鴨〉一文，以嘉義民雄和平村為背景，敘述了一個溫馨可喜的本土故事。

這故事緣起於兩隻綠頭鴨在遷徙途中，因其中一隻受傷，而雙雙落腳於酵素達人鄭金鎮所擁有的水塘。由於受到人為照顧與餵食，遂在此停留過冬、繁衍後代，完全認同了北回歸線上這可愛之地。於是劉克襄乃根據綠頭鴨生活習性，建議在水塘中「規劃一座浮嶼」，讓這對「不離不棄願意待下來」的綠頭鴨，擁有一個更安全舒適的家園。

這發生在嘉南平原上的真實故事所以溫馨可喜，是因為我們從中除看見水塘主人對落難綠頭鴨的善意，以及其後，人鴨相親的和諧美好外，更看見了事業有成的地方人士，積極回饋鄉里的建設性做法如——種樹綠化、打造森林、建立生態景觀池等，種種熱愛故園、友善土地環境的作為，無不令人深感欣慰愉悅。

由〈讓路給綠頭鴨〉一文，實不免令人想起劉克襄一九八四年所寫小詩〈希望〉——

終有一年春天
我們的子孫會讀到
頭條新聞如下：
冬候鳥小水鴨要北返了
經過淡水河邊的車輛
禁鳴喇叭

此詩流露濃厚的理想主義色彩，希望有一天，臺灣能成為過境候鳥的樂園。如今，時隔三十二年，在尊重生命、動保意識抬頭的情況下，民雄和平村綠頭鴨的故事，實可說已是劉克襄當年「希望」的初步實現。

此外尚值一提的是，此文中所提童話《讓路給小鴨》，是美國兒童繪本作家羅勃．麥克羅斯基（Robert McCloskey）傳世之作，因故事背景在波士頓，故如今波士頓公眾花園（Public Garden）中，即有根據此童話所製作的一隻母鴨和八隻（非十幾隻）小鴨的銅雕，為該公園熱門景點。一九九一年，前美國總統布希夫人曾複製此充滿童趣的雕塑贈予俄羅斯，現置於莫斯科佛德維基公園內。《讓路給小鴨》是一個尊重生命、人與動物和諧相處的童話，劉克襄沿用其名為本文標題，則文章主題意涵，不言可喻。

# 拒吃魩仔魚

◎廖鴻基

臺灣沿岸海域曾經是漁產富饒之鄉，為何短短才幾十年，我們已經走到了幾乎無魚可捕的枯竭窘境？

曾和一位老船長聊天，談到漁獲現況，老船長嘆了口氣回答：

「現在的魚仔，連談戀愛的機會都沒有。」

我一時聽不懂老船長的意思——

魚仔談戀愛？魚仔沒機會談戀愛？

最後，老船長蹙著眉頭接著說：

「連吃奶嘴的都不放過，哪會有機會來談戀愛。」

老船長沿海浪濤裡打滾四、五十年，他見證了臺灣沿岸海域數十年來海洋生命的枯榮過程，我能感受他幽默背後的沉重和沉痛。

臺灣沿岸海域曾經是漁產富饒之鄉，為何短短才幾十年，我們已經走到了幾乎無魚可捕的枯竭窘境？

老船長說出了魚源枯竭的主要原因之一——撈了太多魩仔魚。

我們愛吃魩仔魚，說是鈣質豐富、營養豐富；我們一口幾百條，一餐數千條地囫圇吞棗大量地吃……因為嗜吃而渾然不覺，我們已經吃掉了曾經豐盛的沿海漁產資源，同時也贏得了嗜吃魚苗等「只有海鮮文化，沒有海洋文化」的惡名。

根據水產試驗所一份研究報告指出，魩仔魚是兩百多種魚類幼苗的統稱，牠們是海洋魚種數量及海洋食物鏈的基礎。海域若是失去了這個基礎，研究報告中已清楚地指出後果——這樣的捕撈情況若是不加以管理和改善的話，最後，可能導致整個沿岸漁業的滅亡。

照理說，魩仔魚除了是多種魚類的數量基礎，同時牠們也是多種魚類願意靠岸覓食的主要原因。魩仔魚的確是種重要的食物，是許多種魚類賴以生存的重要食物，但絕不是人類賴以生存的重要食物。

人人都曉得，沒有小魚就沒有大魚的簡單道理，而我們吃魩仔魚竟然吃了一百多年，那樣無骨、無刺、糊里糊塗地吃掉了我們的海洋生機。

日本人發明魩仔魚雙拖網漁具後，很快的，日本漁業當局了解這是一種嚴重破壞沿岸漁類資源的不當作業，因此，日本早已停止使用魩仔魚雙拖網作業。臺灣在一九七七年間大量從日本引進他們已經禁止使用的漁具及捕撈技術，並在我們的沿岸海域如火如荼地大肆捕撈魩仔魚；並且，還將魩仔魚大量外銷到日本。

從沿岸漁撈統計資料不難分析解讀出，自一九七七年後，我們的沿岸漁獲量直線下墜，從此，臺灣沿海再也沒有春天。

魩仔魚雙拖網作業效率高，撈獲量大，網袋網目僅1.4mm，也就是我們家裡紗窗網目的大小。研究報告清楚指出，自一九七七年後，臺灣沿岸漁村已經起了生態性的變化：一、沿岸漁場消失；二、沿岸漁村經濟衰退；三、漁民間因資源掠奪性漁法的介入而糾紛不斷；四、捕不到魚，漁民無以為生，終至鋌而走險，走私危禁品，戕害臺灣社會。

理由十分充分，證據也十分明顯，我們沒有道理放任這樣嚴重傷害海域資源的漁撈行為繼續下去。

呼籲政府各級漁政單位，採取斷然措施，即刻研擬辦法收購魩仔魚雙拖網，並禁止魩仔魚捕撈。

我們曉得立法及政策推行還有一段冗長的過程，但如果我們還想看到沿岸海域魚群跳躍，我們還想繼續有魚可吃的話，我們必須有所覺悟及有所抉擇：再也不能像過去那樣橫霸地大小通吃、糊里糊塗地吃。況且，把那樣出生不久，彷彿還在吃奶嘴的小魚苗像吃米粉一樣地扒來吃，有失我們之所以成為一個人、成為一個海洋國家子民的基本風度。

消費者有絕對的力量來影響生產者的方向。透過推廣及力行「拒吃魩仔魚運動」，將你對鄉土海洋的大愛展現出來！

——選自《海洋遊俠》，印刻出版社

## 作者簡介

廖鴻基（1957～　），花蓮人，海洋文學作家，曾任海洋生物博物館駐館作家、東華大學駐校作家、海洋大學駐校作家、東華大學兼任教師等。曾獲時報文學獎、吳濁流文學獎、賴和文學獎等，並發起「黑潮海洋文教基金會」，長期關懷臺灣海洋環境、生態和文化。著有《討海人》、《鯨生鯨世》、《海洋遊俠——臺灣尾的鯨豚》、《尋找一座島嶼》、《後山鯨書》、《海童：一本漂流的想像誌》等。

## 慢讀與深思

一年多前，曾在報上讀到一則印象深刻的外電報導，標題是「日本鰻瀕絕，全球搶救中！」

原來，由於大量捕撈、棲息地被破壞等種種人為因素，日本鰻魚數量銳減，已被國際自然保護聯盟（IUCN）列為瀕危物種，滅絕倒數計時，現正全球搶救中！

其實，全球數量銳減、有瀕危隱憂的魚類，不只日本鰻，至少還包括了鯊魚、本書所選南方朔〈食之戒〉一文所提到的鮑魚等等；甚至，在臺灣我們一直引以為傲的屏東黑鮪魚，據綠色和平組織說法，在過去六十年間也遽減了96.4%！因此，如何杜絕濫捕，讓海洋資源能永續存在、永續利用？已成為許多有心人關注的迫切議題。

廖鴻基〈拒吃魩仔魚〉一文便從這樣的關切出發。具有豐富討海經

驗、被譽為「從來沒有一個臺灣作家像他那麼愛海」的廖鴻基，語氣沉痛指出，以往臺灣沿海漁產豐饒，但不過短短幾十年，卻陷入「幾乎無魚可捕的枯竭窘境」！對此不可思議的現象，他一針見血指出原因是——「撈了太多魩仔魚」！

因為魩仔魚是「兩百多種魚類幼苗的統稱」，簡言之，便是baby fish。漁民毫無節制濫捕和饕客囫圇吞棗、大快朵頤的結果，「沒有小魚就沒有大魚」，於是，我們不但「吃掉了海洋生機」，更可能「導致整個沿岸漁業的滅亡」。因此心懷隱憂，懇切撰文，廖鴻基除呼籲政府以積極作為改善現況、禁捕魩仔魚之外，也希望一般民眾能有所覺悟與抉擇，積極響應「拒吃魩仔魚運動」，展現對臺灣這塊土地和海洋的愛！

全文立足於危機意識、鄉土大愛、生態關懷和海洋永續觀點，雖語多沉重，卻也對臺灣民眾寄以無比深切的厚望。那麼，讀完廖鴻基此文，你，是否也決定拒吃魩仔魚了呢？

# 小河淌水

◎朱天衣

當我們在山產店或一般餐廳，看到菜單上有炸溪魚、炸溪蝦及燉鱸鰻時，你曾疑惑過這些魚蝦是哪兒來的嗎？

就在我剛寫完〈我家門前有小河〉（編注）之際，我們這條溪河裡的魚蝦及所有生物，在一夕之間全消失了蹤跡，真的是一個都不剩，完全是死寂一片，我不敢相信的每隔一段時間來到水邊再看一看，沒有，真的沒有，一隻魚蝦都沒有，我終於明白何以在別的溪畔會看到的警告標示：「毒魚者，絕子絕孫！」因為這真的是一個慘到無以復加的浩劫了。

毒魚的人會不會絕子絕孫我不知道，但這些水中生物真的是給毒到連一隻小魚苗、小蝦米都不剩了，真的是令人難過到無語無淚，平時看到來垂釣的人，我總是忍著不干涉，但要是看到技術好，又連釣兩三個鐘頭的人，我還是會去哀求他們：「別釣了吧！看得好心痛！」因為看他們所費不貲的裝備，這些漁獲絕對不是養命用的，不

編注　〈我家門前有小河〉為朱天衣散文集《我的山居動物同伴們》中之作品。請參見第147頁「慢讀與深思」。

過就是休閒、打牙祭，比之於這些生命的流逝、生態的破壞，實在是不符合比例原則。

然而萬萬沒想到的事，就在眼前發生了，毒魚的人是給抓到了，但在此之前，他已把附近三條溪的生命給滅絕了，這影響的不僅是水中生物，連周邊的生態都破壞了，當我心存一絲希望在溪邊探看時，便看到幾隻白鷺鷥也歪著頭在研究這溪到底發生了什麼事，牠們大概和我一樣不敢相信，為什麼在一夕之間，原本生意盎然的溪水，能讓牠們覓食生存的溪水全走了樣，我很想跟牠們說：「你們算是幸運的，沒因為食物鏈的緣故，也在這場浩劫中喪了命，逃遠點吧！試著去找另一個無毒的、有生命的小溪吧！」

至於其他賴此溪為生的生物，是不是都躲過此劫，也只有天知道了。我不禁會想，施毒的人到底知不知道自己做了什麼，警察在他車上還查扣了九公斤的化學毒劑，至於他已用了多少來毒魚，則不得而知，在我們這條溪畔不少人家是賴此溪為生的，就算不把小魚小蝦當回事，難道他不怕傷到人？而且毒魚毒蝦人吃了會全沒問題嗎？當然他自己是不會吃的，他會用鹽處理過賣到餐廳，賣到市場，吃下肚的人也許不會立即斃命，但這樣的漁獲你敢吃嗎？

當我們在山產店或一般餐廳，看到菜單上有炸溪魚、炸溪蝦及燉鱸鰻時，你曾疑惑過這些魚蝦是哪兒來的嗎？一般的垂釣、捕撈是無法滿足如此大的需求，當你看到大盤大碗的溪魚、溪蝦、鱸鰻端上桌時，你理當懷疑這些漁獲即便不是毒物，牠們也一定是用不法手段——電魚、炸魚取得的，即使吃下肚無害，但為滿足口腹之欲，犧牲了生態，你覺得值得嗎？若更不幸的賠上了自己的健康，那後悔都來不及了。

所以從供需來看，如果大家為了自己、為了自然生態，拒吃這些來路不明的溪魚、溪蝦、鱸鰻，餐廳及市場便不會販售，自然便不會誘使人觸法去毒魚、電魚、炸魚，這雖然有些消極，但也許會是根本解決之道。

至於政府可以做什麼呢？這個毒魚的人是個有前科的累犯，他曾在基隆暖暖、桃園新屋等地犯過一樣的案，把當地居民封溪七年努力復育的各種魚毒到一隻都不剩，他當場被抓後，居民在清理河流時，撈到七百公斤被毒死的魚，至於周邊生態受到多大的牽連，更是無法計數，但依現行法令，卻只能罰他五到十五萬元，這樣無關痛癢的責罰，也難怪他會一犯再犯，所以相關單位真的該好好檢討一下這早已過時的法令，從整體環境生態考量，不加重其刑，如何能遏止同樣的浩劫再發生？

而我們這些河畔住民，目前能做的是，成立一個護溪隊，彼此守望相助保護這條曾經充滿生命的小溪，不再讓同樣的悲劇發生，我們要重新再復育各類魚種，讓這溪水重現生機，雖然我們知道要讓它全然恢復原貌還有很長的路要走，但為了讓無數生命能再度悠游於這溪流間，付出再多心力都是值得的。

——選自《我的山居動物同伴們》，麥田出版社

## 作者簡介

朱天衣（1960～　），祖籍山東臨朐，生於臺北市，臺北工專（今國立臺北科技大學）畢業，作家朱西寧之女，其姊朱天文、朱天心亦為知名作家，創作之外從事作文教學，並擔任馬武督山林溪流保育協會理事長。著有小說集《舊愛》、《甜蜜夢幻》，散文集《三姊妹》、《朱西寧的文學家庭》、《我的山居動物同伴們》、《記憶如此奇妙》，教學著作《朱天衣的作文課》、《朱天衣說故事》等。

## 慢讀與深思

由於熱愛動物，更為了替家中不斷增添、收容的貓狗尋覓一個寬敞合宜的家園，作家朱天衣十多年前特別遷居至新竹關西馬武督溪畔。在那裡，她曾養了十九隻貓、十九隻狗、三隻鵝、六隻雞、兩隻鴿子和一隻八哥，並將這遠離塵囂、與山林為伍的生活寫成《我的山居動物同伴們》一書。其中，〈我家門前有小河〉一文，以怡然自在的語調，記述朝夕相伴之馬武督溪風貌情事，格外呈現了山居歲月的安恬靜好。

在朱天衣筆下，馬武督溪是「一條清澈不已的溪流……溪裡孕育無數生命」，除蝦蟹外，還有許多保育魚類如苦花（臺灣鯝魚）、香魚、鱸鰻等。這生機盎然的清溪，就小我來說，固讓她生命「豐富了許多」，但就大我而言，則因保持了自然原始、未經汙染的面貌，尤令人深感欣幸。

但懷著感恩讚嘆心情，才剛寫完〈我家門前有小河〉不久，朱天衣說，馬武督溪中魚蝦一夕間竟蹤跡全無，原本生動活潑的溪水一片死寂！經警方破案始發現，原來是一名慣犯在溪中施放化學毒劑，將毒死的魚蝦賣到餐廳、市場牟取暴利。如此破壞自然生態、製造食安問題的惡劣行徑，是可忍，孰不可忍？於是，朱天衣撰文記述此事，除呼籲政府修法，加重毒魚、炸魚、電魚等所有破壞生態者刑責外，也呼籲社會大眾「拒吃來路不明的溪魚、溪蝦、鱸鰻」；而身為一名溪畔生活者，她個人自力救濟的做法，則是結合社區居民成立「護溪隊」，不讓此浩劫再次發生外，更決定「復育各類魚種，讓溪水重現生機」！

全文展現了一名自然主義者全力護溪的心聲，對家園和自然生態的關懷，溢於言表。若朱天衣此文是其〈我家門前有小河〉哀傷的續篇，那麼，我們希望，也祝福，在全民環保意識提升、馬武督溪沿岸居民護溪有成後，能看見〈我家門前有小河〉快樂的第三篇續作，圓滿完成！

# 小河淌水

# 猴子

◎田威寧

雖然猴子相當配合，頭自動低下來，但我的手抖得不像話，且完全無法看猴子的眼睛，我怕我會掉眼淚。

八歲那年，大伯帶隻猴子回來。老家只有爺爺和我，每天過得都一樣，多了猴子的生活，也沒改變太多。

大伯在猴子脖上繫了條長鐵鏈，另一頭栓在桂花樹上，邊栓邊說：「我事多，就讓牠待在這吧！」爺爺不置可否，我和猴子倒是同時搔搔頭。

每天早上爺爺會在院子掃落葉宣告一天的開始，枯葉刮地嘎嘎作響，成為倒嗓的鬧鐘。爺爺修葺花草時，大大的剪刀喀擦喀擦，有種自成一格的節奏，暗合早晨的調，也有點京派的味道。花花草草生猛地張著竄著，互相越界屢見不鮮；雖然杜鵑的豔像是性格剛烈的女子，梔子花的白有著小家碧玉的矜持，爭起地盤時，全變身為叉腰罵街的潑婦。相較之下，猴子顯得安分許多，總是蹲在牆頭，悶悶地往外看，視線彷彿落得極遠，又彷彿落得極近。猴子黑黑亮亮的瞳孔讓人直覺牠有洞穿一切的本領，孤絕的背影像處於一切潮流之外。院子裡的桂花仲秋時香得不像話，常讓爺爺和猴子鼻子過敏，同時發出撕紙般的聲音。他倆一起打噴嚏時簡直像在照鏡子。

猴子始終沒有名字。

餵食的工作由我來，一日兩餐，無論我餵什麼牠總是吃得精光，吃完甚至會將食皿倒扣表示不要了。年幼的我應視其為寵物，然而不知為何，對於那隻猴子就是無法打從心裡感到親近。每次把東西放在食皿後即速速離開，像晚一秒地就會裂開似的。後來的我甚至會刻意避開牠的視線，也許是因那眼神實在太像人了！猴子其實很乖，只要按時餵牠，不吵也不鬧；就算有時忘了，牠也只是眨巴眨巴地等著我想起，靜靜地。我曾經刻意忘了餵，希望能看到牠跟平常兩樣些的行為，但最後仍是我投降。

村裡的住戶都在院子種了許多「好吃的樹」，我家也不例外。爺爺上了年紀之後，行動不太方便，因此改由我來摘石榴與芭樂。忘了從哪天開始，猴子無聲無息地加人，摘完後還會堆成尖尖的小塔，軟的和硬的分開，相當聰明，不偷吃也不邀功。我得承認這點我輸了。猴子摘果子的側臉看來專注極了！堆果子的樣子像是小朋友堆積木，有時令我湧起摸牠的衝動，但畢竟沒有；事實上，除了大伯，家中沒人摸過牠，雖然猴子的毛看來紅紅軟軟的，像是上好的絲綢，觸感應該相當舒服。

剛開始，大伯約每週會回來看猴子。見了主人的猴子既沒有表現

出興奮狀，也沒有吱吱亂叫；把鐵鏈拿掉時不會野性大發，丟給牠香蕉和蘋果也不會狼吞虎嚥，只是輕輕接著，以一種作客的態度。這隻猴子像是長住家中的客人，住得再久也不會擁有家中的鑰匙，再放鬆也不會在浴室引吭高歌。牽牠的手要帶牠散步，牠總一副意興闌珊貌。「這隻猴子真不像猴子！」大伯的語氣聽來有些失望。我想大伯八成有著「期待的謬誤」，他不明白他帶回來的不是一隻狗。大伯一開始還會興致勃勃地幫猴子做造型，他愛把猴子的頭髮剪成安全帽的形狀，令人看了發噱。不過，隨著猴子的無動於衷，大伯回老家的間隔越拉越長，到後來根本像忘了有這回事兒。大伯態度的轉變完全在意料之中。

黃昏時，爺爺在書房看書，透過百葉窗篩進的光讓爺爺像是穿了條紋衣，有時又像隻蝦——我老認為爺爺像隻蝦，爺爺瘦瘦高高的，長年駝著背，小小的眼睛分得有些開，陽光透過百葉窗射進時會在爺爺身上投出橫條陰影，看來十分有趣。自從猴子來了之後，爺爺寫書法時多了很多無意義的停頓。循著爺爺的視線看去，猴子坐在牆上的背影被夕陽拉得好長，頭低低的，駝著背，似乎陷人了哲人慣有的沉思；那樣的背影不涉蒼涼，無關悲傷，反而透著來自生命底蘊的靈光。有時，牠的手動了動，真要懷疑牠也在寫字。爺爺最常寫的是我完全看不懂的草書，懸著的腕如曼妙的腰，動人地婆娑著；停頓時滴下的墨慢慢地暈開，像是一種神諭。

缺乏玩伴的我窮極無聊時會在院子裡對著牆壁丟球。有一回，沒算好反彈的力道，球飛了出去，竟被猴子接得正著。猴子不將球丟還給我，也無意占為己有，只是把球輕輕地放在院子裡的溜滑梯上，牠的食皿旁邊。猴子轉過身去，露出牠的紅屁股，尾巴往上勾，看來像個問號。我始終沒有去撿，出自一種奇異的自尊心。

爺爺生日那天，大伯專程送了個大蛋糕回來，不過，是爺爺不愛吃的鮮奶油蛋糕。大伯老忘了有胃疾的人不能吃奶油。我問大伯猴子幾歲？牠個子不小，應該有點年紀了。大伯滿嘴奶油含糊地說：「哪知道？朋友抓來的。」我還想多問點什麼，但大伯一下要我幫他泡茶一下要我幫他買菸。對話始終未完。

很難得知猴子想不想家，喜不喜歡跟我們在一起，因為猴子與爺爺像是在進行「誰先講話就輸了」的比賽。有時我甚至覺得他們沒有聲帶，偶爾發出的簡短音節，像沒栓緊的水龍頭，滴答聲引起的回音在空盪的屋裡被放大無數倍。

下雨的時候，我總是感到猶豫，因為爺爺沒指示我讓猴子進屋，猴子也看不出想進屋的意思。猴子來家裡後的第一個雨天，我拿了把傘到院子，把傘撐開，正準備放著時，發現自己行為的愚蠢，訕訕地回屋裡。透過雨水縱橫的窗看猴子，一切變得有點兒不真實。滴滴答答答答滴滴中，我看到猴子一躍而下，以一種極其優雅的弧度落在溜滑梯的階梯，一手攀著邊緣，翻身將自己藏進溜滑梯中間的直角三角形裡。「簡直是個大俠啊！」我不禁這樣想著，嘴巴不自覺微張。

一個盛夏夜晚，蛙和蟬忘情地叫著，叫著叫著整個夜瀰漫著一種永恆，彷彿教堂的鐘聲正悠揚。那樣的夜太美麗，萬事萬物都在瞬間得到相應於心的諒解。爺爺突然下樓，拄著他平常擱著的核桃木枴杖。爺爺在院子裡吃著綠豆糕，我端了碗銀耳蓮子湯過去。爺爺突然哼起了小曲，以一種自顧自的節拍。猴子在牆上露出有點兒狐疑的臉，胸口起起伏伏的，一會兒，猴子跳了下來，鐵鏈拖地的聲音在夜裡顯得格外詭譎，讓我想到所有不該想到的鬼故事。爺爺的枴杖斜靠在搖椅，被鐵鏈勾倒了。月光下，爺爺臉部的線條有著說不出的溫柔。爺爺彎下腰，不是撿枴杖，而是把猴子的頸圈鬆開。爺爺的手不太靈光，頸圈尚未鬆開綠豆糕倒是散了一地。那一刻，我覺得猴子的眼裡有些什麼。

隔天，猴子依然在矮牆上出現。然而，沒有拴住猴子這件事遭到鄰居抗議。我只好再次鏈住牠。雖然猴子相當配合，頭自動低下來，但我的手抖得不像話，且完全無法看猴子的眼睛，我怕我會掉眼淚。

之後，我們的互動模式沒有改變太多。猴子依舊不會跟我玩，雨天時爺爺依舊讓牠窩在溜滑梯下，爺爺寫書法時依舊時常停下來。只是，在非常偶爾的時候，猴子的食皿裡會多了幾片綠豆糕或是一小撮甜納豆，那是小時候的我最愛吃的。

好久不見的大伯回來了，微醺的他開懷地說：「竟然有人要！我過幾天回來拿。」大伯也沒問爺爺的意思，大伯是這樣的人，說風就是雨的。爺爺是這樣的人，當他想說什麼，他才會說。猴子絕對是靈性排行榜第一名！牠沒聽到大伯說的話，我也始終沒想好該怎麼啟齒，但牠知道！因為最後幾天，雖然猴子仍把食物吃光光，作息也沒有任何改變，但眼睛突然變混濁，像是天將明未明時的夢。現在回想起，爺爺過世前的眼睛也是那樣。

我沒跟猴子說再見，因為大伯來時我在學校，整天眼皮一直跳。那天的營養午餐是我心中的黃金組合，但筷子卻成了千斤重。上課時心不在焉，在課本上不停地塗鴉，雖然都是寥寥幾筆的勾勒，但很明顯畫的都是我家猴子的背影。

猴子走了，留下頸環與鐵鏈。爺爺把那些都丟了，包括食皿。爺爺總能自若地獨處與棄絕。那時的我才驚覺「猴子的東西」竟只有這些！奇怪的是，猴子跟我們住了大半年，卻一張照片也沒有。

我沒有太多離別的感傷，只是覺得圍牆變了溜滑梯變了果樹變了——天濛濛亮時，夕陽西下時，傾盆大雨時，明月皎皎時，感受尤其深刻。雖然爺爺是個嘴硬的人，但相信我們想的是一樣的。

猴子始終沒有名字，因為牠不需要。

——選自《寧視》，聯經出版公司

## 作者簡介

田威寧（1979～　），臺北市人，政大中文碩士，現任北一女中國文教師，曾獲臺北文學獎，第一屆林語堂文學獎、臺灣文學獎，著有《寧視》等。

## 慢讀與深思

動物有沒有感情、智慧？人與動物之間，可以有，可能有怎樣的默契、心靈互動、怎樣的故事產生？田威寧〈猴子〉一文，給了我們許多思考的線索。

基本上，這是一個由淚水暈染的故事，雖不時閃現溫暖微光，但終究難掩其黯淡悲涼之底蘊。在田威寧筆下，被大伯帶回老家的猴子，沒有名字、不知來歷、前途未卜。有高度自知之明的猴子，默默面對且接受如此命運，內斂自制，安靜自處；但畢竟聰慧如人，故用餐完畢「會將食皿倒扣表示不要了」，院中摘果「會堆成尖尖的小塔，軟的硬的分開」，主人失誤的球會代為接住放好，雨天亦懂得自求多福善覓遮蔽處，甚至，連打噴嚏、鼻子過敏竟也與人如出一轍！

然而，正因聰明有智慧，猴子自知落於人手、頸繫鐵鏈，無法彰顯自主意志，注定與自由絕緣，因此當牠凝視世界時，眼神蒼涼，而作者也總刻意避開那樣的視線，「因那眼神實在太像人了！」文中，猴子尾巴上勾之背影「看來像個問號」的描述，其實暗示了心懷不忍的作者，對猴子存在狀態的困惑；至於具高度靈性的猴子，似亦預知了自己悲慘命運之將臨，故當大伯打算帶走牠時，猴子「眼睛突然變渾濁」，如爺爺過世前那樣！……

全文以一隻非常人性化的猴子為主題，書寫其憂傷孤獨，以及，人猴交會之際相互釋放的善意，在情感上呈現高度的藝術制約，令人低徊。

而低徊之餘，若問，動物是否有感情、智慧？人與動物之間，可以有怎樣的默契、心靈互動、怎樣的故事產生？

視生命中一隻無名之猴為有緣共同生活者的田威寧，透過素樸生動的〈猴子〉一文，給了我們淚光閃動的答案。

# 一隻獅子被獵殺之後

◎劉詩媛

我們能因為自己很生氣，就採取「我們自以為是正義」的所有行動，包括攻擊網站、任意謾罵、公布個人資料，甚至是威脅對方的安全，只為了讓自己消氣嗎？

二〇一五年七月，辛巴威獅王塞西爾被美國牙醫巴默獵殺的消息，從推特、臉書開始瘋傳，接著攻占歐美各媒體版面，引起巨大的撻伐聲浪。

憤怒的網友攻擊巴默的診所網站，留言灌爆他的社群頁面，公開他及他家人的個人資料，更到他的診所外抗議，貼上「你是屠夫」等字條。這使得巴默工作的診所被迫關閉，人也不知去向。

短短幾天，「白宮請願網」就有超過二十萬人連署，要求美國政府將巴默引渡到辛巴威，接受當地的司法審判。美國白宮回應，請願案將交由美國司法部裁定，美國漁獵暨野生動物管理局（FWS）也會調查巴默的行為是否觸法。

不過，以五萬美金（約一百五十八萬臺幣）聘請辛巴威獵人和導遊的巴默曾表示，他進行的是「合法的」戰利品狩獵；辛巴威獵人也喊冤，他只是協助客戶狩獵，殺了一隻過了繁殖期的十三歲公獅。

因為這起事件，「戰利品狩獵」（trophy hunting）的爭議，再次浮上檯面……

圖／桃子

## 思索一：塞西爾是何方「獅」聖？

看到這則新聞，許多人浮上腦海的第一個念頭是：這個美國牙醫一定又是非法盜獵，才讓大家這麼生氣！但隨著愈來愈多報導出現，大家才發現，「代誌不是憨人想的那麼簡單」。

原來公獅塞西爾就像動畫電影《馬達加斯加》裡的愛力獅，是一隻明星獅子。牠不但在辛巴威萬基國家公園的草原上，奔馳了十三年之久，深受各國遊客喜愛，牠的身上還有GPS定位裝置，是英國牛津大學追蹤觀察的對象。

正因塞西爾的「明星光環」，牠的死去才讓這麼多人感到憤怒，甚至站出來為牠「聲討正義」。一夕之間，大家突然都變得很關心獅子的生態存亡，都是獅子的好朋友，都能站出來為獅子說幾句話。

可是，在此之前，印度的古吉拉特邦才因為洪水肆虐，奪走十隻獅子的生命——在全世界只剩下五百多隻亞洲獅的危急情況下，這絕對是條重大新聞，卻沒有引起太大的關注。

## 思索二：我們的正義真的是正義嗎？

一隻獅子被殺，大多數人當然會覺得生氣，更何況巴默雖然辯解自己是進行「合法的」戰利品狩獵，實際上卻使用「非法手段」殺了塞西爾——

巴默等人知道在國家公園狩獵是違法行為，所以先把塞西爾引到國家公園外，並用弓箭攻擊牠。受傷的塞西爾趁隙逃跑，巴默等人一路追趕，大約四十個小時後，他們再度發現塞西爾，不但用槍結束這隻十三歲公獅的生命，還剝下牠的皮毛。

不過，我們能因為自己很生氣，就採取「我們自以為是正義」的所有行動，包括攻擊網站、任意謾罵、公布個人資料，甚至是威脅對方的安全，只為了讓自己消氣嗎？更何況，在這些標榜「正義」的行動中，有許多都已經「違法」了！

對於這起事件所引起的效應，國外網路媒體就指出：「大眾的怒火已經失控，並讓法律無所適從——因為巴默現在是大家討厭的人，所以所有攻擊他的行為都得到合理化，也就是大家是以怎麼懲罰他才能讓心情變好，來決定採取什麼樣的行動。」

國外網路媒體也指出，基本上，任何國家的法律，是依照犯罪行為對於社會影響的大小，以及和其他罪行比起來是否嚴重等「客觀」

因素，來決定這樣的罪行是重、是輕；但在網路上，大家決定犯罪行為的嚴重程度，卻是依照「主觀」因素——也就是聽到這起事件他們有多生氣，或是他們有多喜歡受害者等——來下判斷。

但我們需要冷靜下來，並仔細想想：這真的是「正義」嗎？那如果「我的正義」和「你的正義」不一樣時，又該怎麼辦呢？多數人的意見，就一定是正義嗎？

懲罰某人的罪行，除了能讓感覺受害的人得到些許安慰，更重要的難道不該是——藉由犯罪者為自己的行為負起「相對應程度的責任」，以引發社會大眾思考，是否有避免再次發生類似事件或悲劇的方法嗎？

如果我們只是停留在用多數人的暴行，懲罰巴默等人對於塞西爾的暴行，那塞西爾的死亡不就真的太可惜也太可憐了嗎？

## 思索三：戰利品狩獵的爭議

說了這麼多，或許大家也感到好奇：巴默堅持自己合法的「戰利品狩獵」到底是什麼啊？

簡單來說，戰利品狩獵是一種「運動狩獵」，也就是在不危害物種的生存和不違背所在國的野生動物保護法情況下，進行「有節制的有償獵殺」——狩獵者通常必須付出一大筆金錢，取得狩獵活動的許可，並在限制的地點、使用限制的方法，追獵數量過剩或不再具有繁殖能力的高齡野生動物。

贊成戰利品狩獵的人提出，它和亂捕濫殺、導致物種滅絕的非法盜獵完全不同；相反的，戰利品狩獵所得到的龐大收益，反而能保護野生動物，因為它讓人們更願意在保護野生動物上投資。

例如一九九四年，南非准予有節制的狩獵南方白犀牛後，私人莊園見有利可圖，大量繁殖南方白犀牛，向狩獵者和各國動物園出售，使得南非白犀牛數量迅速增加，由六千多頭增長到一萬多頭。

不過，戰利品狩獵還是存在許多爭議，像動保人士提出，即使是被當作食物、工具或友伴，動物仍不應受到不必要的痛苦，高齡動物也不見得就「該死」。另外，這些狩獵者毫無顧忌的把和動物的皮毛或屍體的合照PO上網路，無疑是一種殘忍的炫耀；更重要的是，這些收益多半流向代辦狩獵活動的國際公司，對於改善當地民眾生活和自然環境，影響很有限。

……

一隻獅子被獵殺之後，引發的爭議竟像漣漪般不斷擴大。如果我們真能獲得一些省思，或許辛巴威獅王塞西爾之死就不再只是令人憤怒、悲傷的新聞事件而已。

——選自《幼獅少年》467期（2015年9月號）

# 作者簡介

劉詩媛（1983～　），桃園人，政治大學新聞系畢業，曾任職企畫編輯，現為文字編輯，並為《幼獅少年》、《臺北畫刊》、《Discover Taipei》撰寫文章。

## 慢讀與深思

劉詩媛〈一隻獅子被獵殺之後〉是本選集中最年輕取向的一篇作品，不只因為劉詩媛是本書作者群中最年輕的一位，更因為此文所論及的議題、相關內容，甚至在語言使用上，都新銳感十足，緊扣時代脈動。

全文從明星獅王——辛巴威萬基國家公園中的雄獅塞西爾——被美國牙醫巴默獵殺，引起世人公憤寫起，在客觀敘述事件的來龍去脈後，更進而理性思索了由此事件所延伸出來的三個重要課題：

一、選擇性地關懷動物，是真關懷嗎？

二、所有情緒化的反應、自以為是的正義，是正義嗎？當輿論凌駕司法，真能使問題獲得建設性的處理或解決嗎？

三、「戰利品狩獵」制度真的保護了野生動物，提升了所在國的經濟，並符合當地居民權益嗎？還是，其實製造了更多始料未及的問題和動物災難？

尤其三個議題中爭議性最大的「戰利品狩獵」制度，雖強調是「追獵數量過剩或不再具繁殖能力的高齡野生動物」，但誠如動保人士所言，「即使是被當作食物、工具或友伴，動物仍不應受到不必要的痛苦，高齡動物也不見得就『該死』」；而既視為「戰利品」，那麼，所謂「戰利品狩獵」，說穿了，是否便只是滿足、助長了人類野蠻的獵殺欲望、殘忍天性，對野生動物，甚至，對人類社會都有害而無益呢？

全文聚焦於一則全球注目、網民譁然的新聞事件，抽絲剝繭，理性討論，引導讀者關注屬於這個新世紀的新議題，並引發人道思考，值得再三深思。

最後，附帶一提的是，塞西爾遭獵殺後三個月，辛巴威司法單位因巴默狩獵時持有合法文件，並未將他起訴，不過此事因引起世人對非洲狩獵產業的關注，終還是引發了良性的後續效應，例如：動保人士主張把非洲獅列為「瀕危物種」；辛巴威當局承諾重新檢討「戰利品狩獵」的獵殺限額；美國好幾家航空公司宣布不再運送狩獵戰利品；不少客戶取消了原先預定的狩獵行程，尤其是獵獅行程；此外，動保捐款也大量增加，例如牛津大學野生動物觀測小組，在事件後便收到可供兩年研究經費的一千五百萬臺幣捐款。……

但願良性效應持續，世間不再有第二個塞西爾悲劇發生！

附錄

# 鳥

◎唐・白居易

誰道群生性命微，
一般骨肉一般皮；
勸君莫打枝頭鳥，
子在巢中望母歸。

## 作者簡介

白居易（772～846），字樂天，號香山居士，唐陝西渭南人，歷官翰林學士、左拾遺、刑部尚書，後以直言得罪權貴，貶江州司馬，晚年定居洛陽，終老於此。一生創作詩約三千首，在唐人中為數最多，以田園詩和敘事長詩《長恨歌》、《琵琶行》最為知名，著有《白氏長慶集》等。

## 慢讀與深思

白居易是唐代創作最豐富的詩人，一生寫詩約三千首。此處所選七絕〈鳥〉，較其代表作〈長恨歌〉、〈琵琶行〉而言，雖較少為人提及，但此詩在正宗的「平易近人，老嫗能解」之白氏風格外，因蘊涵超越時代的思維、觀點，而格外值得玩味。

簡言之，白居易在此詩中推翻了以人為中心的本位主義，將心比心為「非我族類」設想，展現了高度的平等心（誰道群生性命微，一般骨肉一般皮）、人道主義與尊重生命的情懷（勸君莫打枝頭鳥，子在巢中望母歸），恰與當代動保思潮相呼應，故即使一千多年後的今天讀來，仍深深觸動著我們、啓發著我們，實堪稱是一首以小喻大、歷久彌新的好詩。

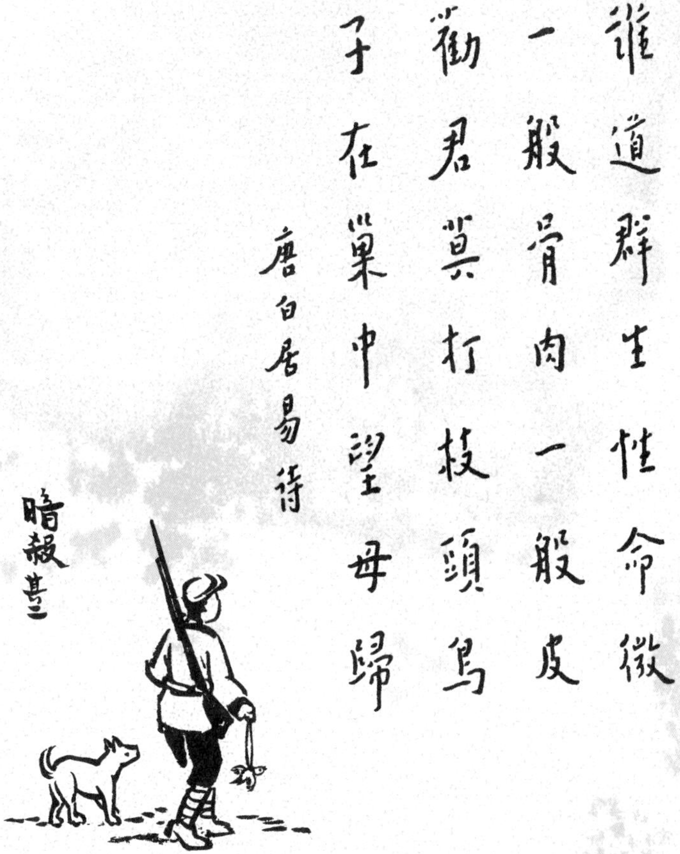
誰道群生性命微
一般骨肉一般皮
勸君莫打枝頭鳥
子在巢中望母歸
唐白居易詩
暗殺

白居易詩〈鳥〉，李叔同書法，豐子愷繪圖。（《護生畫集》第一集）

# 灰面鷲

◎余光中

高高的緯度啊長長的風
吹來一個遠遠的過客
兩翼還帶著塞外的風霜
和江湖傳說的聯想
無邊的秋色攔你不住
雲程迢迢是幾千里路呢？
但願迎你的是美味的蜥蜴
是蛇，是昆蟲，不是獵者

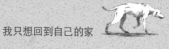

是南方自由的晴空，只為讓你
帶著溫暖的記憶回去
「我到過一個，哦，可愛的島嶼」

——選自《夢與地理》，洪範書店

# 警告紅尾伯勞

◎余光中

鳥仔踏，遍地插
不是逍遙的竹竿頂
不是天真的瓊麻花
疲倦的遠來客啊
歇腳，要看個仔細
美麗島的天空
現在已經不美麗
貪錢的獵人夠陰險

貪嘴的食客正流涎
貪婪之島夠貪婪
小心啊莫闖進這黑店
莫踏上鳥仔踏，遍地插
免得落魄在他鄉
一串串，一排排
燒烤的店裡倒著掛
向反了的天空去尋找
遠在西伯利亞
不歸路那頭的家

——選自《安石榴》，洪範書店

# 作者簡介

余光中（1928～　），福建永春人，臺大外文學士，美國愛荷華大學藝術碩士，中山大學、政治大學名譽文學博士，曾任教於師範大學、政治大學、香港中文大學，現為中山大學榮譽講座教授，曾獲國家文藝獎、行政院文化獎等，多篇作品選入兩岸三地大學、中學教科書。著有詩集《白玉苦瓜》、《高樓對海》、《藕神》、《太陽點名》，散文集《青青邊愁》、《日不落家》、《青銅一夢》、《粉絲與知音》，評論集《從梵谷到徐霞客》、《舉杯向天笑》，翻譯《梵谷傳》、《王爾德喜劇全集》等。

# 慢讀與深思

灰面鵟和紅尾伯勞，是每年秋冬自北方西伯利亞飛往南方避寒的候鳥，臺灣恆春、墾丁等地是牠們成群過境的中途站，但很不幸的，卻也是牠們常被肆意捕殺的傷心地。余光中對此深有感觸，於是分別寫下了這兩首語重心長的詩，雖思考角度與主題面向不同，但護鳥、愛鳥情懷則一。

〈灰面鵟〉一詩以開朗愉悅的語調，祝福這秋來春去的遠客，在臺灣遇見的不是索命的獵者，而是美味的蟲、蛇、蜥蜴和「南方自由的晴空」；帶回故鄉的不是悲慘不快的痛苦經驗，而是「曾到過一個可愛島嶼」的溫暖記憶。

至於為鳥請命的〈警告紅尾伯勞〉一詩，則其實意在「敬告臺灣民眾」，希望「貪錢的獵人」和「貪嘴的食客」不要再讓可憐的伯勞鳥，魂斷異鄉！詩中所指「鳥仔踏」，是臺灣民間用來誘殺鳥類的竿狀物，誤中設計的鳥不得脫身，常遭烈日活活曝晒至死，是非常殘酷的死亡陷阱；但天真的紅尾伯勞，怎知人間「陰險」？還以為遍地插的鳥仔踏，是迎賓的「竹竿頂」「瓊麻花」！所以余光中「警告」紅尾伯勞歇腳時要看仔細，畢竟──「美麗島的天空／現在已經不美麗／貪錢的獵人夠陰險／貪嘴的食客正流涎／貪婪之島夠貪婪」──此處一連四個「貪」字，嚴厲批判，斬釘截鐵，絲毫不留情面，但也正中要害指出當前臺灣社會病灶所在，令人無言。

結語描繪紅尾伯勞集體命喪異域的慘狀，畫面感強烈，極富震撼效果。「向反了的天空去尋找」讀來尤其悲傷，此句應從伯勞被倒懸的視角去看，才能體會牠們只能眼睜睜瞪視著再也不能展翅晴空、歸返故鄉的絕望，也才能充分感受含恨而死的候鳥，無助無告、悲情終結的痛苦！

這兩首以候鳥為主題、分別寫於一九八七和一九九〇的詩，雖寫法一正一反，但都反映了詩人希望臺灣是候鳥天堂，以及「美麗島」之稱能真正名副其實的誠摯心聲，身在島上的我們，實不能無感；而三十年後的今天讀來，值得反思的則是——

恆春、墾丁，鳥仔踏仍然遍地插嗎？

美麗島的天空，現在是否已經較美麗？

對所有作客臺灣的候鳥而言，這位處南方的福爾摩沙，是一個可愛的島嶼嗎？

國家圖書館出版品預行編目資料

我只想回到自己的家：動物保護・生態關懷文選／陳幸蕙主編. --初版. -- 臺北市：幼獅，2017.01
面； 公分. --（散文館；27）

ISBN 978-986-449-063-9（平裝）

855　　105021816

・散文館027・

# 我只想回到自己的家——動物保護・生態關懷文選

主　　編＝陳幸蕙
封面繪者＝李如青
出 版 者＝幼獅文化事業股份有限公司
發 行 人＝李鍾桂
總 經 理＝王華金
總 編 輯＝林碧琪
編　　輯＝張家瑋
美術編輯＝李祥銘
總 公 司＝10045臺北市重慶南路1段66-1號3樓
電　　話＝(02)2311-2832
傳　　真＝(02)2311-5368
郵政劃撥＝00033368

印　刷＝崇寶彩藝印刷股份有限公司
定　價＝250元
港　幣＝83元
初　版＝2017.01
四　刷＝2021.08
書　號＝986276

幼獅樂讀網
http://www.youth.com.tw
幼獅購物網
http://shopping.youth.com.tw
e-mail:customer@youth.com.tw

行政院新聞局核准登記證局版臺業字第0143號

幼獅文化公司／讀者服務卡／

感謝您購買幼獅公司出版的好書！
為提升服務品質與出版更優質的圖書，敬請撥冗填寫後（免貼郵票）擲寄本公司，或傳真（傳真電話02-23115368），我們將參考您的意見、分享您的觀點，出版更多的好書。並不定期提供您相關書訊、活動、特惠專案等。謝謝！

**基本資料**

姓名：……………………先生／小姐

婚姻狀況：□已婚 □未婚　職業：□學生 □公教 □上班族 □家管 □其他

出生：民國……………年……………月……………日

電話：（公）……………（宅）……………（手機）……………

e-mail：……………………

聯絡地址：……………………

1.您所購買的書名：**我只想回到自己的家**——動物保護‧生態關懷文選

2.您通常以何種方式購書？（可複選）：□1.書店買書 □2.網路購書 □3.傳真訂購 □4.郵局劃撥 □5.幼獅門市 □6.團體訂購 □7.其他

3.您是否曾買過幼獅其他出版品：□是，□1.圖書 □2.幼獅文藝 □3.幼獅少年
□否

4.您從何處得知本書訊息：（可複選）□1.師長介紹 □2.朋友介紹 □3.幼獅少年雜誌 □4.幼獅文藝雜誌 □5.報章雜誌書評介紹……………報 □6.DM傳單、海報 □7.書店 □8.廣播(　　　) □9.電子報、edm □10.其他……………

5.您喜歡本書的原因：□1.作者 □2.書名 □3.內容 □4.封面設計 □5.其他

6.您不喜歡本書的原因：□1.作者 □2.書名 □3.內容 □4.封面設計 □5.其他

7.您希望得知的出版訊息：□1.青少年讀物 □2.兒童讀物 □3.親子叢書 □4.教師充電系列 □5.其他

8.您覺得本書的價格：□1.偏高 □2.合理 □3.偏低

9.讀完本書後您覺得：□1.很有收穫 □2.有收穫 □3.收穫不多 □4.沒收穫

10.敬請推薦親友，共同加入我們的閱讀計畫，我們將適時寄送相關書訊，以豐富書香與心靈的空間：

(1)姓名……………e-mail……………電話……………

(2)姓名……………e-mail……………電話……………

(3)姓名……………e-mail……………電話……………

11.您對本書或本公司的建議：

廣 告 回 信
臺北郵局登記證
臺北廣字第942號

請直接投郵 免貼郵票

10045 臺北市重慶南路一段66-1號3樓
幼獅文化事業股份有限公司

請沿虛線對折寄回

客服專線：02-23112832分機208 傳真：02-23115368
e-mail：customer@youth.com.tw
幼獅樂讀網http：//www.youth.com.tw
幼獅購物網http://shopping.youth.com.tw